1
來自深淵
-Profundis-
아이제 Eise
Illustrator. 艸肅
Translator. 礁映

目錄

Table of contents

1

災殃

主啊，我從深淵向祢呼求！
De profundis clamavi ad te, Domine;
主啊，請聆聽我的呼聲，請俯耳傾聽我的懇求！
Domine, exaudi vocem meam Fiant aures tuae intendente in vocem deprecationis me ae.

——詩篇一三〇

『經皇安大橋往市區方向，目前回堵大約三公里，西部循環道路附近不久前發生了交通事故，雖然後續處理即將完成，但往積善洞的方向仍在管制中，目前難以疏通車流。』

車內廣播傳來播報員一成不變的聲音，只是沒有人認真聽，畢竟就算沒有廣播，用眼睛看，也能知道這路況一定會塞上好幾個小時。沒多久就有人伸手轉到了另一個頻道。

『蓮都區微光洞一帶的避難令終於廢止，該區域在三月時出現傳送門，出沒的變異種導致兩位平民與七位覺醒者傷亡，近幾個月來一直處於封閉狀態。』

手裡拿著遊戲機，沉迷於拼圖遊戲的唯健突然抬起頭。

駕駛座上的父親習慣將手臂靠在窗戶上開車，母親則是靠在椅背上看向窗外。座墊上散落的棒棒糖棍與包裝紙，仍維持出發時的樣子。

『覺醒者管理中心在今天上午的記者會中，說明目前微光洞一帶的危險因素已經清除，直到傳送門完全關閉為止，會有兩組C級Esper常駐防衛該區域。對此，曾經協助掃蕩作業的「太光」、「治癒」等部分哨兵團體發出抗議……』

這是一家人久違的出遊。幾個月來，附近的道路一直處於封閉狀態，現在才勉強解除。徘徊在都市的危險變異種消失之後，長時間沒有外出的市民們久違地走出家門，所有地方都人山人海。

自從Outbreak侵襲世界以來，數十年間，遊樂場、動物園一類的大型設施都成了廢墟、只能從照片中觀賞的遺物，畢竟空曠地區是最容易被變異種攻擊的地方。

人們無法居住的土地越來越多，避難者們聚集在狹小的空間裡，人口密集度暴增，建築物只能越蓋越高。

但唯健並不懂這些複雜的局勢，只覺得週末有空時，能去一趟隔壁城市的劇院與室內遊戲場就非常幸福了。

「媽媽。」

被困在車上好幾個小時卻沒發過脾氣，只是安靜地玩著遊戲的唯健，突然抬起頭叫了聲。母親皺眉，一臉煩躁地轉過身，孩子睜大烏黑的眼睛，直直盯著母親。

「我們什麼時候回家？」

「也要車子能動啊。」

從剛剛就喊著暈車的哥哥熙城插嘴說。

「快點回家，我快要吐了，頭也痛死了。」

「哎唷，這孩子……」

就在母親正要開始嘮叨的時候，前方的路況突然暢通起來，彷彿剛剛壅堵的車陣只是錯覺，無數車輛紛紛湧入大橋。

「怎麼突然這麼順暢？」

「不知道，是前面有車禍嗎？」

「唧——」話還沒說完，前方的車輛突然緊急煞車，唯健撞上前座椅背。面對意外，唯健只是愣愣地眨了眨眼睛，反而是父母嚇了一大跳。

「唯健！」

此起彼落的撞擊聲響起，到處都是尖叫聲。急性子的駕駛拉下車窗朝前方大聲吼叫，情況有點奇怪。

「白熙城，還不幫弟弟繫上安全帶。」

「我肚子不舒服。」

「快點！」

熙城閉上嘴不說話，明白現在不是反抗的時機，馬上將弟弟拉回座位，用安全帶固定好十歲的孩子。

在哥哥手忙腳亂地繫上安全帶時，唯健一直呆呆地用黑色瞳孔目不轉睛地看著前方。

「……」

「怎麼了？你在看什麼啊？」

熙城轉頭，整個人驚愕不已。

「這、這是……怎麼回事！」

父親喃喃自語，但包括他自己在內，沒有任何人能回答他。

眼前的景象是一場災殃，甚至無法用災殃這個詞去完整形容。

橫跨寬闊江河的大橋，中段被壓毀，漂流在江水中，柏油路面崩裂成粉末、車道上的車子紛紛從破裂的洞口掉落，這根本是災難電影才會出現的場景。

車身被陰暗的影子覆蓋，唯健雙手緊握安全帶，茫然地看著窗外。

大橋上似乎有什麼東西。一開始以為那是建設用的起重機，但認真一看才發現，那好像是某種生物的身體，光是看著都令人感到無比畏懼。

是新聞和安全教育片中看到的變異種嗎？唯健出神地想，但那實在太大了，透過事故現場跟模糊的監視器畫面，看到的變異種都沒有如此巨大。

無法得知牠的長相、身體大小，以及身體結構，透過玻璃只能看到一部分，不知道是手臂還是腳，連頭或身體都無法區分，但奇怪的是，在那瞬間，自己好像跟它有了眼神接觸。恐懼讓唯健腦中一片空白。

前腳、觸角還是觸手……不……未知的物體劃破天空。「匡啷」的巨響震耳欲聾，柏油炸開成碎片，有幾片撞上擋風玻璃，視野劇烈晃動。

「啊啊——！」

不知道是誰在喊叫，是母親？父親？還是哥哥？抑或是車外的某個人？四周充滿慘叫聲，根本無法分辨。

「老婆！孩子們！」

父親回頭慌張地喊著，握住方向盤的手不斷顫抖，他咬牙望向嚇得失魂落魄的妻子與孩子。

「不要慌，快點動起來，這樣我們一家都能活下來，學校有教過怎麼應對緊急狀況，也有演練過對不對？」

熙城哭喪著臉點點頭，但唯健無法回答，因為他看見了父母身後的擋風玻璃再度籠罩了一層陰影。

「必須先下車才行，我數一、二、三，就馬上……」

「啊！」

原本想要喊「爸爸」的，但還來不及出聲，整個世界頓時天翻地覆，車子劇烈地晃動，安全帶像是要壓碎胸口一般緊勒著，令人難以呼吸。

抵擋不住巨大變異種的攻擊，車頂凹陷，厚重的金屬居然像紙片一樣輕易碎裂，有一瞬間失去了意識。唯健像溺水者般急促地喘氣，睜開眼睛後，眼前一片模糊，只能看到玻璃裂成蜘蛛網紋，車門嚴重扭曲。

「咳咳、咳咳！」

車頂深深凹陷，他低著頭不斷咳嗽，接連受到猛烈的衝擊，令視線逐漸模糊，痛苦得直犯噁心。

身旁的哥哥在座椅上昏厥，後座的碎玻璃在哥哥的臉上留下幾道傷痕，膝蓋上也散落玻璃碎片，但還好沒有其他傷口。

那媽媽跟爸爸呢？

他往前一看，原本是駕駛座跟副駕駛座的前排、不久前爸媽還在的位置，像被蹂躪過的紙張，車頂幾乎壓在座椅上，而在那之間……

「……」

唯健渾身僵硬，滿身是傷的孩子一臉蒼白。

無神的雙眼往下一看，是一片血紅，血從前座往後蔓延，浸溼了掉在地上的餅乾屑，最後流到唯健的腳邊。

碎裂的柏油不斷掉入江面，濺起的浪花伴隨著巨響，車子前輪的支撐點突然消失，讓整輛車向前傾，車身已經懸在斷裂的路面邊緣。

「哥哥……」

唯健忘了自己還繫著安全帶，連忙想要搖醒坐在旁邊的熙城，但那距離對於一個手臂不夠長的孩子來說，始終是道鴻溝。

這一刻才想起自己被安全帶綁著，唯健慌亂地尋找安全帶的按鈕，在按下按鈕的同時，車子劇烈地搖晃，車身更傾斜了。

唯健終於能碰到熙城的手臂，就在這個時候，失去意識的熙城清醒了，他一睜開眼，看到的就是玻璃窗外洶湧的江水。

「媽呢？爸呢？」

熙城問道，但唯健沒有回應，反而是緊咬牙根不停地搖頭。心裡只想著絕對不能讓熙城看到前座的情形。為了不讓他轉移視線，只能拚命地哀求。

「哥，我們快點逃出去，快點！」

想要推開另一側的門，但隨著車身扭曲，車門變形了，根本推不開，手把無法轉動，車窗按鈕也失靈。

「門打不開。」

「那、那要怎麼辦？」

猛烈的攻擊再次襲來，兄弟倆滿臉淚水地緊抱在一起，而唯健心裡只想著要守護哥哥，所以用全身緊緊擁住熙城。

這時有一個碎片打破車窗，飛進車內。

「啊呃！」

唯健的手臂被玻璃碎片劃過，血從傷口湧出。看到弟弟在自己眼前受傷，熙城渾身顫抖，依稀能聽到臼齒相撞的聲音。

雖然車窗破了，但也就是兩、三個拳頭的大小，熙城沒有信心從鋸齒狀裂痕的洞口鑽出去，光想到自己會像弟弟那樣受傷就覺得恐懼，但也不能一直待在車裡，畢竟車子現在幾乎是垂直的狀態，碎裂的車窗外的景象被水面佔據。

應該有人報警了，但事故發生在市中心車潮擁擠的大橋上，如果不是直升機或救援艇的話，根本不可能接近，加上橋上的道路完全崩壞，兩側肯定會大塞車，更難以預測救援何時才能抵達。

這樣下去必死無疑，一定要做點什麼才行。

在刺激下，熙城全身熱血沸騰，用全身的力量敲打車窗。

「匡噹」一聲，突然眼前一亮，黏在窗框上的玻璃瞬間粉碎，不僅如此，連車門上都留下一道痕跡。

「這、這是什麼？剛剛是……」

熙城低下頭看著自己完好如初的手。明明指甲沒有變得又長又尖，手指的關節也沒有冒出尖銳的刀刃，但剛剛的感覺依舊鮮明，就是這雙手硬生生地撕裂車門。

還來不及思考到底發生什麼事情，但情緒相當激動。總之能逃出去了、可以活命了。近乎發狂的意志蠶食了頭腦，讓他瘋狂地揮動手臂。

沒過多久，絞鍊斷裂，車門完全掉落，兄弟倆好不容易逃出來，滾到地面的那一刻，車子也掉入江中。隨著「噗通」一聲，變成水面下的黑影、逐漸沉沒。那似乎要吞沒這座大橋的巨大災殃已經消失了。

兩人雖然成功逃脫，可是熙城依舊處於極度亢奮的狀態。跌坐在地上，雙手不停地揮舞，每當指甲觸碰到路面，柏油裡的碎石就會被挖得四處飛濺。

這時，頭突然痛得幾乎要裂開，所有感官變得相當敏銳。視覺、聽覺、觸覺、嗅覺都靈敏異常，讓熙城相當難受。

「呃！啊啊——好痛！」

他用手摀住耳朵，眼球的微血管破裂，全身肌肉痙攣，任誰看都覺得不正常，不知道發生了什麼事情，但放任不管的話可能會出事。因此唯健急忙抓住哥哥。

「哥！」

但此時的熙城眼中沒有弟弟的存在，不停地揮舞手臂，將靠近自己的小小身軀揮開。兩兄弟其實年紀都還很小，但哥哥是快要成為高中生的國中生，而弟弟只是國小生，相差了五、六歲的體格，讓唯健馬上被推倒在地，可是他沒有露出痛苦的表情，馬上站起來再次走向哥哥。

「哥，你怎麼了？還好嗎？」

「哥！拜託停下來吧，好痛！好痛啊！」

熙城隨意揮舞的雙手不經意地掃過唯健鎖骨下方，唯健身上那件帶有狗狗圖案的T恤隨即被劃破，冒出鮮血。唯健忍住疼痛，試圖拉近距離，而失去理智的熙城的手，這次朝著他的眼角揮去。

眼角出現一陣刺痛，血順著睫毛流向眼睛與臉頰，讓唯健看不清前方，但他還是不願放開哥哥，感覺哥哥就像即將引爆的炸彈，一定要盡全力抱住他，就算自己會因此而死也一定要堅持住。

「嗚嗚……」

熙城痛苦地掙扎，最後吐出血來，接著就像體力消耗殆盡的人一般，四肢僵硬，雙臂也漸漸無力。

已經到了盡頭了嗎？我們全家都會死嗎？浸染在哥哥吐出的血與自己身上不停湧出的血流中，唯健精神渙散地想著。

這時，身體深處出現一道小小的水流，先從源頭流往某一處，隨即就像連接上水管一樣，溫暖的氣息透過血管輕柔地溢出，十分緩慢，卻源源不絕。當唯健感覺到水流流淌全身時，就失去了意識。

不知道過了多久，貼有政府機關編號的車輛陸續來到大橋前，車上的文字相當顯眼——覺醒者管理中心。從車上下來的人都穿著深紅色的制服，井然有序地控制現場，找尋傷亡者。

「現在已經到達皇安大橋，大橋已經全毀，但沒看到變異種的蹤跡，傳送門也……啊！」

拿著對講機在殘骸堆中穿梭的人發出短促的驚呼聲，他的目光停駐在某一處。

「這裡有兩位平民倖存者，不，一位是覺醒者。可能是沒有登記的覺醒者，但看起來有暴走過的跡象，應該是這次事件誘發的，兩位都是未成年人，但沒看到他們的父母，除此之外，其他倖存者……沒有了。是的、是的，我們先救下他們。」

「喀嚓——」通訊隨著無機質的聲響結束。

＊＊＊

城市在深沉黑暗的籠罩下急促地呼吸，電線如青苔般四處糾纏，夾雜著紅綠燈明滅的光芒。

男子靠在駕駛座上看著窗外，透過深色車窗看到的風景彷彿被淹沒在沼澤中的火焰。他熟練地點起香菸，雖然乍看之下像是自製的手工菸，但菸裡含有高濃度的精神藥物，若是一般人抽的話，應該會馬上休克死亡。

含上濾嘴深深地吸了一口，嗆人的菸霧瀰漫在呼吸道中，但大腦的疼痛卻沒有因此減輕。男人緩緩吐出菸霧，眨了眨眼睛，與慵懶的動作形成強烈對比的，是他炯炯有神的雙眼。

就像毒藥有抗藥性，對疼痛也會產生抵抗力。如同一旦藥物中毒，就無法滿足於低強度的劑量，早已習慣大腦細胞一個個燃燒的痛苦，明知沒有什麼效果，男人還是習慣性地抽菸。

「鈴──」

隨手丟在副駕駛座的手機響起，打破了寂靜。那小小的聲響讓聽覺神經幾欲斷裂，同時眼前一片漆黑，胃不停翻攪。男人短暫地皺眉，若無其事地接起電話。

『真的去了嗎？最近不都是無功而返嗎？』

沒有先打招呼，也沒有開場白，劈頭就是問句。男人一手叼著菸，一手拿著手機，整個人靠在駕駛座上，嘴裡隱約有血的味道，只好又吸了一口菸，想要制住嘴裡的血腥味。

「我有預感，這次是真的。」

『要去的話，也要等身體恢復再去吧。要幫你打聽一下有沒有可以租借的嚮導（Guide）嗎？』

他是就算對方看不到，也會習慣性瞇起笑眼的人。

「我們有熟到讓你擔心我的身體狀況嗎？」

『你變成怎樣確實不關我的事，但如果長官因為突發精神休克死在路邊而上了新聞的話，會讓我很丟臉的。』

「……」

『你最後一次疏導是幾個月前？不對，現在是要用年計算嗎？』

「這個嘛……啊，租借就不用了，再怎麼飢渴，也不能買廉價的垃圾食品來充飢啊。」

『連垃圾食品都吃不下，病懨懨的人是誰啊。』

「這有點傷人，我沒有病懨懨的啊。」

『沒人會一輩子都租借嚮導的啦！就買個一晚滅滅火就好了，或是跟其他人借個幾天，如果只是跟幾個A級借的話，至少能稍微填飽肚子吧。』

「你知道我很挑剔。」

『是在挑剔什麼？萬一暴走就完蛋了，還挑什麼挑？真是瘋了，難怪好不容易找來的嚮導都跑了。』

「那你就繼續庸俗下去吧，真的是，該拿我們尹燦怎麼辦呢？長得就已經不怎麼樣了，怎麼連說話都這麼難聽。」

男人真心惋惜地皺眉，而電話那頭傳來夾雜著雜訊的髒話。

『禹伸齊！你這個混帳，是死是活你自己看著辦吧，滾！』

電話一掛斷，男人就卸下剛剛強裝的從容，他撥了撥瀏海，打開車窗，將抽不到一半的長菸丟到骯髒的柏油路上，菸頭在碰到柏油路之前就異常迅速地熄滅了，像被人踩熄一般。

他將手機丟回副駕駛座——不，是預備要放回去時——「砰」的一聲，沒有控制好力道，捏破了手機薄薄的邊緣，碎裂的玻璃從螢幕上脫落。

「……」

他扭曲了臉龐，端正溫和的五官之下顯露出陰暗，同時手機逐漸變得四分五裂，不斷發出塑膠與金屬的摩擦聲。沒多久，手機就面目全非地被丟在路面。

從怪物們通過傳送門的那一刻——也就是Outbreak後的數十年以來，世界的人口少了三分之一，全球都視之為黑死病的再現，是對人類的懲罰，也是末日的開始，不少人認為如今的世界毫無希望。

但就像十四世紀的歐洲人最終成功克服黑死病，二十一世紀的人類應該也能找出Outbreak的突破口。在Outbreak之後，人類開始出現現代科學無法說明的神祕能力，而世界的秩序就以這些超能力者——也就是「覺醒者」——為中心重建。

所有覺醒者都有伴隨能力產生的副作用，每個人都不同，但最普遍的副作用，就是五感變得很敏銳。

有人難以承受空氣中的味道；有人只是被衣服輕輕劃過皮膚就會痛到尖叫連連，視覺與聽覺也一樣，就算閉上眼、摀住耳朵，眼皮裡的血管與黏膜依舊清晰可見，也能聽到自己的心臟與各個器官運作的聲音。

太久沒有接受嚮導疏導的人，會因無法承受如潮水湧來的感官刺激而昏迷或發瘋，甚至有不少自殺的情況。等級越高，副作用就越嚴重。擁有如奇蹟般的強悍能力，代價就是極短的平均壽命。

男人像吸了水的海綿一樣，癱軟無力地坐在座椅上。

藥效終於出現了嗎？在看起來像是浪漫主義畫家精心繪製的白皙肌膚、黑襯衫，以及修長的雙臂上，散落了斑駁絢麗的光。

像是與生俱來的原罪，這種劇痛到底何時能結束？無盡的痛苦究竟還要承受多久？何時可以解脫？是在生命走到盡頭時，還是所有變異種都消失的那一刻？抑或是等到人類在這場漫長的戰爭中戰敗呢？

「讓你痛苦的那隻野獸，不會放過任何從道路上經過的人，甚至會攔下並殺死他們。它的本性邪惡且荒蕪，貪欲未曾被滿足過……是吃得越多，就越感到飢渴的傢伙。」

夜景在視野中肆意雜糅成一團。他無力地張開顫抖的嘴唇，嘆息般喃喃自語。

「跟那傢伙一樣的野獸實在太多了……在獵犬凶猛的利齒咬死那傢伙之前，只會出現更多。」[1]

在那之前，他必須活著，繼續追擊「那傢伙」，直到他斷氣為止。

＊＊＊

1 但丁．阿利吉耶里（Dante Alighieri），《神曲：地獄篇》

武裝人員在黑暗的巷子中集合，有人彈匣裝滿子彈，全身掛滿子彈背帶，有人則戴上防毒面具。

這是一條髒亂狹窄的小巷，一般人都會厭惡地迴避，這群人卻一副若無其事的樣子，看得出他們的老練。

他們是獵殺變異種的覺醒者，也就是哨兵。

與被稱為Esper，隸屬於覺醒者管理中心的哨兵不同，這些哨兵們不屬於國家組織。Esper是特種部隊，是享有特殊待遇的國家守護者，但哨兵們只為了自己的利益自由獵捕獵物。根據個人能力，可能連一分錢都拿不到，也可能賺到天文數字般的鉅款。

同樣都是覺醒者，但因追求不同的道路，導致Esper與哨兵之間的關係很差。互相嘲諷對方是把靈魂賣給國家的白癡公務員，或是眼裡只有錢的混帳。這早已經是眾所皆知的事。

「喔，那邊撈到什麼了？」

「這種情況下，是能撈到什麼啊。他們都火燒屁股了，眼裡什麼都看不見啦。」

「也是。」

「今天又是零了，怎麼辦？連吃飯的錢都沒有。」

「至少會有基本日薪吧……」

「就算如此，連買藥錢都不夠啊。」

「至少有得拿，拿了之後再繼續找下一份工作吧。」

小巷一隅，兩位哨兵坐在垃圾袋堆上聊天。看他們全副武裝的樣子，會覺得他們應該是隨時要背水一戰的勇士們，但對話內容卻透露著臨時工的無奈。

「最近去其他地方也差不多，雇用F級會準時給薪的地方不多吧？」

「確實，危險性低的工作薪水也只有一點，想要高薪的話，就只能被金字塔頂端的哨兵當成人肉盾牌，叫去執行危險任務。」

哨兵們帶著自暴自棄的口吻談笑跟抽著菸，戴著皮手套的手拿起菸，指尖瞬間燃起紅色火焰，這是他的能力——「控火（Pyrokinesis）」，他是火系哨兵。

控火者並不稀有，但因為效率高，無論在哪都是有用的人力。但即便如此，F級能點點菸或是生火，就已經是極限了。

「最近出現的那個傳送門，據說上面很期待，還動員了S級。」

「什麼？S級？」

「你知道天頂（Mid-Heaven）吧？我聽到他們說有認識的。」

「看來這次真的是釣到大魚了？」

「那邊應該也會找臨時工，那我要直接放棄這邊，換去那裡看看了。」

「別鬧了，那邊已經有高階哨兵，怎麼還願意花錢請我們這些F級？」

「S級跑一趟要上億，好笑吧，因為對社會有貢獻，所以可以那樣撒錢。」

「什麼幾億？聽說資源豐富的地方有幾十億，更多還有幾百億的咧，就是大企業！大企業啊！」

「那樣才叫人生，簡直就是樂透中獎十次的等級，可以買豪宅、進口車，喝洋酒跟喝水一樣，應該每天賺錢賺到飽吧。」

「這個嘛……真的是這樣嗎？」

「怎麼了？」

一位咬著菸聽同事們閒聊的哨兵聳聳肩。

「S級根本不是人，把他們當成披著人皮的其他物種，對自己的精神健康會比較好。那種傢伙怎麼可能喜歡什麼進口車跟洋酒啊？」

「不是人的話會是什麼，難不成是鬼嗎？就算是S級，也跟我們一樣要吃喝拉撒睡吧。」

他沒有回應，把菸丟在地上踩熄。

「我也不懂，我又不是S級，怎麼會知道。」

話音剛落，另一側就出現了巨響，但其他人好像並不在意，都在做自己的事情。像說著「又來了」，然後用冷漠的眼神望去。

「稍息！」

一位青年背靠著貼滿褪色傳單的牆，咬緊牙關一動也不動地站著，大概是預料到即將發生的暴力，他微微低著頭，黑色瀏海垂在額頭上。

「是沒力氣嗎！給我站好！」

沉重的拳頭再次重擊下腹部，就算穿著應對變異種的防彈衣，也無法阻擋那一拳帶來的疼痛，青年忍下痛楚，閉上的眼睛睜開，他的眼皮上有一道如雙眼皮般細細的疤痕。

「白熙城呢？嗯？你哥又跑去哪裡了？怎麼連個人影都看不見？」

身材魁武的中年男子握緊拳頭，大聲地問道。

他是哨兵集團的團長。哨兵集團也會因程度不同而天差地遠，從系統性地區分眾多不同團員的等級，到魚龍混雜的集團都有。而這裡，不幸的偏向後者。

這個人是肌肉強化系的F級覺醒者。說好聽點是肌肉強化系覺醒者，但F級就只是比普通人的力氣大了一點，除此之外沒什麼兩樣。

「哥哥受了傷，緊急處理後接受了疏導，現在正在休息。」

「休息？居然在休息？把局面搞成這樣之後？天啊，死了父母的臭小子連一點常識都沒有，是要刻意展現孤兒就是沒家教嗎？」

瞬間奪走他的父母與安穩日常的皇安大橋慘案，迄今仍是懸案。一切在轉眼間發生，大部分的平民都死了。在總部收到報案到達現場時，情況已經結束。唯二的倖存者由於年紀太小，又受到巨大的衝擊，也無法提供事件詳細的始末。

「……」

唯健始終維持著稍息的動作，看著地面緊閉雙唇，他早已習慣別人有理或無理的暴力與惡言相向。懷疑、抵抗不合理的事，那是有能力者才有資格做的，一無所有的人只能忍著。

幼時的他比現在更天真，別人說什麼就跟著做什麼。大人在問話，一定會馬上回覆，然後就被以愛頂嘴為由揍了一頓。於是他選擇沉默著不回應，但又被說過於傲慢，再次被暴打一回。現在的回應方式，是反覆嘗試後學會的。

「不止一兩次了，都是因為他臨陣脫逃，才沒能收拾變異種。」

「團長，對不起。」

唯健麻木地道歉，早就習慣代替哥哥被罵了。

熙城在今晚的作戰中發生了失誤。作戰目標是傳送門關上後，尋找並處理留在市區的變異種。可是F級哨兵一直以來對付的只有小怪，很少看到能力強大的高級變異種。所以當這凶惡怪物來到眼前時，熙城就膽怯了，無視作戰指令地往後退。因為他破壞了陣型，也差點危害到其他哨兵。

哥哥在成為覺醒者之前，從小就是這種個性，只要身上有小傷痕，就成天擔心著，不論是自己身上的血還是別人身上的血，都無法不當一回事，一有壓力就會發高燒。和就算摔得滿身髒汙、不停流血，也能若無其事站起來的唯健完全相反。

這種個性如果是生在太平時代，可能只會被說有點古怪，但不會是致命的缺點。畢竟他的成績維持在頂標，是所有考試都保持全校前三名的資優生，對分數相當敏感，一定可以考進名校，進入好的職場。

但不幸的是，現在是強大才能證明一切的時代。在覺醒者中是等級最低的F級，只有切削的能力，加上膽小、神經質且病懨懨的體質，熙城不論在哪裡都備受冷落。如果身邊沒有嚮導的話，早就因為不適應能力而暴走身亡，或是被變異種殺死。

「唉，我真是倒楣，居然因為抓怪物的人不夠，必須花錢請這種人。」

「我會改的。」

「不過，你這傢伙，這是什麼表情？」

粗壯的手指用力推著唯健的額頭，唯健不自覺地腳底用力。雖然身體已經微微向後傾，但還是可以維持全身的平衡。

「喂！白唯健！不爽嗎？換作其他嚮導，早就待在後面像寶貝一樣被保護著了，只有你在前線奔跑，覺得很不爽吧？有什麼不滿就乾脆地說出來，不要像狗崽子一樣皺著臉。」

「沒有。」

「沒有才怪，明明一臉『真他媽糟透了』。」

「沒有。」

「白熙城那傢伙只完成了半人份的工作，你就要多負責另一半的份量，這樣給你們的錢才不會浪費，知道嗎？」

「……」

「你哥是個殘廢，那也是你的命，能怎麼辦呢？」

以為自己已經麻木了，卻又再次被刺痛心靈，原本順從地低頭看著下方的唯健，第一次抬起頭來，黑色睫毛下，銳利的眼神瞪向團長。

團長瞬間感受到唯健眼中不明的殺意，隨即產生一股恥辱感，為了驅散這股恥辱感，他更加粗暴地揮拳。這一次不是朝向有裝備保護的腹部，而是臉。

唯健的頭被打偏到一側，後方看戲的人群裡出現了小小聲的口哨聲，但還沒結束，團長繼續甩了兩個巴掌，唯健的嘴角馬上裂開滲出血來。

「乳臭未乾的傢伙，竟敢瞪我？」

唯健咬著滲血的嘴唇，努力不讓自己發出呻吟。

是個很能忍的小鬼。這傢伙除了擁有疏導的能力外，跟一般人沒有兩樣，被變異種攻擊會死，受傷的話也不容易好，但就是可以彌補他哥的不足，與拿著真槍實彈的哨兵一同出征。

讓人不爽的傢伙，那副德性，以為自己有多了不起啊，居然敢這樣瞪人，沒家教的小鬼。

團長不爽地吐了口痰後轉過頭，對破壞作戰計畫的事發洩一下怒火就夠了，萬一做過頭又會出事。要是逼走這對兄弟，對戰力也是巨大的損失。

不管怎麼說，這一次參加的覺醒者中，只有一位嚮導。

覺醒者中，多則數十人中會出現一位嚮導，少則數百人中才會有一位。這也是他無法徹底放棄白熙城那個垃圾的原因，因為這對白痴又友愛的兄弟一定會同進同出。

「叫白熙城那傢伙皮繃緊一點，下次再這樣，不會這麼輕易就放過他，下次作戰真的很重要，知道嗎？」

低沉的回應從背後慢一拍傳來，聲音有點沙啞。

「……是。」

＊＊＊

爬上狹窄陡峭的樓梯，牆壁跟地板全是劣質水泥，上面覆蓋了一層厚重的灰塵，標示樓層的緊急照明燈早已失去作用。熙城與唯健的家，距離掃蕩變異種的行動集合處只相隔幾個街區，是棟破舊的建築物。

隔壁是廢棄已久的當鋪，當鋪前面是招牌因年代久遠，字跡早已模糊的肉店，看來不像是在賣牛肉或豬肉，而是人肉，整體看來陰森森的。

透過玻璃窗可以看到廉價的十字形霓虹燈閃爍著光。站在大門前，將鑰匙塞入生鏽的鑰匙孔。在這個技術發達，已經可以用腦波開門的時代，據說有覺醒者連手都不用碰，就能直接駭進保全系統打開門鎖，而他們住的地方，依舊要使用鑰匙。

「我回來了。」

玄關門在身後「唧唧」一聲關上，長時間使用的木材已經扭曲了，不用力的話很難關起來。

房子內部跟外面一樣簡陋，是狹小的套房。用拉門將鼻屎大的廚房隔起來的話，房間最大不到兩坪。角落一張老舊的床上，有一團棉被。唯健拉下外套拉鍊。

「哥，吃飯了嗎？」

「……」

「不是叫你先吃嗎？也沒有去買菜吧？」

唯健脫下外套往身後一丟，剛好掛在椅背上，接著熟練地打開冰箱，一如所料，冰箱只有幾瓶礦泉水。被子裡傳來歇斯底里的吼叫聲。

「你真的很過分，要我去外面買菜？你怎麼可以叫唯一的哥哥做這種事情！」

「這種事情，你弟我天天都一個人做。」

「你跟我一樣嗎？喂！白唯健，你幹嘛那樣說話啊！」

話題又往奇怪的方向發展，要是繼續這種沒有益處的對話，熙城又會受傷，把內心封閉起來。

唯健個性冷靜，就算在眾人面前被罵、打耳光，也只會覺得運氣不好而已，但熙城卻不同，他極其脆弱與敏感，很容易被不經意的言語或動作傷害。

歷經幾場爭吵後，唯健一直百思不得其解，不知道自己是哪裡錯了，最後乾脆不再說話。本來就寡言的唯健，話又更少了。

要怎麼做才能讓哥哥開心呢？

唯健微微皺眉，陷入苦惱之中。可是他不擅長安慰別人，也沒辦法就此結束爭吵，能做的只有道歉而已。

「對不起，哥，是我錯了。」

唯健面無表情地道歉，熙城在棉被中翻了身。

「不，是我任性了，我的問題。」

「下次可以嘗試去前面的便利商店，不是去打變異種，只有五分鐘的距離而已。」

「可如果突然又痛起來呢？像之前……」

「沒事的，暴走沒有這麼容易發生，要不然獨自走在路上的哨兵，不就都變成了想死的瘋子嗎？」

「算了，以後再說。快點。」

熙城依舊蜷縮在棉被裡，只是這次稍微掀開了棉被。一位看起來二十多歲的年輕男子，臉色像病人一樣蒼白，不斷冒著冷汗。

「幫我疏導一下，我沒睡就是一直在等你。」

唯健無法在對方如此痛苦的情況下還繼續嘮叨。對其他人不一定，至少面對哥哥是無法做到的。觀察熙城的臉色，唯健緩緩地眨了眨眼睛，雖然表情沒有太大的變化，但臉部線條已經略微緩和。

「很不舒服嗎？」

「好像要死了一樣。」

「什麼時候開始的？」

「剛剛，算是有段時間了，從接到任務就開始了，怕被發現不舒服，又會被罵。」

「所以就一直這樣？」

哨兵會帶著痛苦度過終生，但熙城算幸運的，是副作用輕微的F級，還有專屬的嚮導陪著。即便如此，他還是每次都病懨懨的。敏感的天性讓他難以忍受痛苦。

「唯健，剛剛是我的錯，對不起，可以幫幫我嗎？」

熙城嘴唇顫抖著，聲音虛弱，哽咽地說。明明是將近三十歲的人，這一刻看起來卻比身為弟弟的唯健還年幼。

唯健輕輕嘆了一口氣，靠在床邊，熙城像是等待了許久，馬上拉開被子伸出手，長而枯瘦的雙臂抱住了唯健。

兩兄弟抱在一起躺下，床墊承受不了兩個成年男子的體重，嘎吱作響。

唯健的呼吸中帶著夜間涼風的微弱氣息。熙城順著唯健手臂往下撫摸，抓住裸露在袖口外的手腕。這是本能，因為透過衣服做疏導的話，效力會大打折扣。

唯健安撫地輕拍著哥哥的手，不久，一股暖流順著全身的血管與神經蔓延開來，這是被稱為「嚮導」的他們所擁有的特殊能力，也就是「疏導」。

「呃、嗚啊，啊……」

腦中尖銳的痛苦逐漸散去，熙城不自覺地發出滿足的呻吟，像高潮般全身間歇性地顫抖。

經常覺得疏導就像毒品，如果哨兵找不到適合的嚮導，吸毒是權宜之計。雖然比不上接受疏導的效果，但至少有幾個小時可以忘記痛苦。

哨兵拚死跟變異種戰鬥，有時會噴到變異種的血液，所以他們會在副作用出現前快速打上一針，為了賺取藥費，又要再次投入獵殺。就這樣過了幾年後，人生只剩下藥物與瘋狂。在現今這個世界中，這已經不是什麼特別的事情。

熙城害怕自己也會變成那樣，根本沒有勇氣去吸毒，所以對弟弟更加偏執。在第一次覺醒，出現暴走現象時，賭上生命照顧他的人就是唯健。他還記得自己失去理智，瘋狂地用指甲刺向弟弟時的感覺。從那天起，唯健就是他最重要的人。

「對不起，唯健啊，對不起。」

像被柔軟的雲團包圍，湧上心頭的安穩感讓熙城的情緒逐漸放鬆，忍不住將深埋的真心話脫口而出。

「有什麼好對不起的。」

「我知道你因為我被欺負，那個人叫你替我疏導，又罵你、又打你的。」

熙城的手臂環繞在唯健腰上，唯健抱住哥哥，將額頭靠在瘦骨嶙峋的肩膀上，嘴角帶著紅腫的瘀傷與血痕，露出淺笑。

「可是……」

「那個老頭就是想要發洩而已，讓他發洩就好了。」

「算了，我沒關係的。」

「你被那樣欺負，我卻沒辦法為你做什麼，還一直出錯。你很有才能，如果不是跟我，而是跟其他哨兵合作的話，你就不會被欺負，也可以賺很多錢，只要沒有我……」

「不要說那種話。」

「唯健，我想說的是，乾脆就讓我這樣虛弱下去？這樣也能減輕你的負擔，除了我，還有其他哨兵……」

「我說了不要那樣說！」

熙城唯健硬生生打斷熙城語無倫次的話，與生硬的語調不同，疏導的能量仍溫暖且源源不絕地在熙城的身體中流淌。

距離皇安大橋的變異種襲擊事件，已經過了十三年。兩人失去父母跟安穩的生活，留下的只有血跡斑斑的童年與一間老房子。

慘案過後，原有的秩序分崩離析，力量成為了評判一切的新準則。一些能力強大的覺醒者，會將非覺醒者蔑視為二等公民，國家只重視等級，就算等級高的人只是個十幾歲的孩子，也會被迫穿上制服，戴上級別徽章。

這是一個對弱者毫無體恤跟憐憫的時代，獵殺變異種時被變異種殺死的人每天數不勝數。為數不多的福利設施裡，擠滿了因為突遭變故而失去父母的孩子，沒有地方有餘力去顧及十幾歲少年們的生活。

唯健與熙城為了吃飯必須出去賺錢，幸好兩兄弟一個是哨兵、一個是嚮導，至少擁有可以工作的能力，比起那些不是覺醒者的孩子，情況還算得上樂觀。

「哥。」

唯健抱著哥哥看著天花板，不知在想什麼的他突然開口。

「嗯？」

「我們做完下一趟任務，領完錢後就先休息一段時間吧。」

「為什麼？你生氣了嗎？我……我是不是又闖禍了？」

唯健說完就起身往廚房走去，身後跟著熙城不安的眼神。熙城一直都是這樣，會對唯健說狠話，也會神經質地發脾氣，但馬上就會洩氣看他的臉色，深怕被拋棄一樣。

「不是那樣的，我們也要休息一段時間。去幫爸媽掃墓，哥也要練習一個人外出。」

感覺有點猶豫，回答的語氣很微弱。

「知道了。」

「吃完飯後喝杯咖啡？」

「嗯。」

「哥不是每天都這麼說嗎？我煮了十年的飯也還是那樣，就只有泡咖啡的技術特別好。」

無論是和好還是安慰，這句話都顯得有些生疏，但也足以緩解僵硬的氣氛。

「就是說啊……一點品味都沒有的傢伙，居然能泡出好喝的咖啡。」

想起過往的歲月，熙城的嘴角無意識地上揚。唯健捲起袖子，也跟著微笑說：

「你先去洗澡，我去準備晚餐。」

＊＊＊

這一晚，天空被煤煙與霧靄遮蔽，看不見星星與月亮，哨兵們聚集在郊區的廢棄工廠。這一帶在幾年前出現了巨大的傳送門，周邊被夷為平地，整個工業園區被丟棄，如今變成了哨兵們的作戰據點兼祕密基地。

人類至今失去了許多土地，變異種出沒的地方，對普通人來說是死亡之地，不過對哨兵跟Esper來說，就是必須堅守的防線。

「唉！」

有人裝備擦到一半時嘆了一口氣，用變異種的副產物做成的特種戰鬥用刀刃，在朦朧的月光下閃耀。

「這週要繳女兒的補習班費用，現在的國中生居然要上七個補習班，負擔也太大了，我死去的老婆如果知道的話，一定會痛哭流涕。」

「哎唷，現在是在炫耀女兒啊？」

「真不懂她為什麼每一科都要去補習，都不知道自己的爸爸打變異種賺錢有多辛苦，想當年我們根本不需要補習班，功課也不錯啊。」

「說什麼想當年的鬼話！不要像個老古板一樣，聽說最近的孩子都是那樣，不然就會跟不上，現在很多大學都關門了，比我們那時候還難考。」

對一般大眾而言，有名的哨兵幾乎受到了藝人等級的待遇，不過這些哨兵只是努力餬口飯吃的F級，更是不折不扣的大韓民國百姓，在陰森的廢棄工廠準備戰鬥時，聊的竟然是子女的教育與大學入學考試，似乎有點黑色幽默的味道。

「不是不是，在這個大家愛拿刀槍勝過鉛筆的年代，這些記憶都變得模糊了，會報好幾個補習班的傢伙就兩種，不是想成為全校第一的，就是排名墊底，我女兒跟我很像，所以絕對不可能是前者，那就只能是可悲的後者啦！」

「是嗎？我看看，哎，白響導！」

目標突然轉到唯健身上，唯健身著黑色戰鬥馬甲，手槍插在槍套上，腳上穿著厚重的軍靴，一身「工作服」的裝備。

「……」

他面無表情地坐在比自己還高的物流箱子上，雙腳無意識地搖晃著，原本在閒聊的中年哨兵們對他揮手。

「喔，小傢伙，來這邊一下。」

他沒有回答，而是跳下箱子。

所有人都望向他，叫他「小傢伙」或「孩子」的暱稱，並不是因為唯健在哨兵中身材矮小。以身高來看，唯健反而高䠷，在這群額頭漸禿、肉往兩側長的中年大叔裡特別突出。

「你是我們這群人當中年紀最小的，大叔們吵吵鬧鬧也想不出答案，你說說看，你以前上過幾個補習班？」

「不知道。」

「不知道？」

「我沒有好好上過學，也不知道什麼補習班。」

「咦？」

沉默了一會兒。

「十歲時父母過世，那時開始就跟著哨兵學習工作，當然就沒去學校了。」

不過，倒是有參與線上課程，這是教育部為了要工作，沒時間去學校的未成年人提供的。但說是線上課程，考慮到每天都要與變異種血戰的工作性質，並沒有強制性，就算一整天只開著課程影片，人不在現場也能結業。

Outbreak之後，發生了數不清的悲劇，太多因為變異種而失去父母、子女、兄弟姊妹、戀人、朋友的人，也有不少人痛苦到產生復仇的念頭，進而成為哨兵，但這種不幸的狀況並不多見。

「但你哥不是拿到國中畢業證書……」

唯健原本想說些什麼，但還是決定閉上嘴。面前這幾位長相粗獷的哨兵看著他的眼神很微妙，感覺自己的發言讓他們受到了極大的衝擊，只是不知道他們具體是怎麼想的。是覺得這傢伙比自己想像中更無知嗎？

「你這傢伙，不早點說，讓我們這樣不知所措。」

「是啊，不會什麼三角函數、關係代名詞也沒差，還不是活得好好的，尤其你還是個嚮導對吧？只要做好疏導的工作，管理好搭檔就能賺錢了。小伙子，不要洩氣，在天上的父母一定會看顧你的。」

「不過，你為什麼不進入中心？嚮導不是只要申請就一定會合格嗎？」

「中心」是指「覺醒者管理中心」，主要是管理E級、D級到B級的中級覺醒者，F級未達標準，所以不會在管理名單，而A級與S級隨便都能賺到幾億韓圓，根本不需要國家提供薪水。因此只有中級覺醒者會由中心管理。

「我哥是F級，沒辦法進去，我不能跟我哥分開。」

「為什麼？幫你哥找其他嚮導不就好了？」

「當初沒有嚮導想當F級的專屬嚮導，就算有，我哥也會拒絕，因為他不喜歡其他人碰他。」

「唉呀，白嚮導，你的人生真是辛苦得像狗一樣。」

「要我這個大哥給你個建議嗎？」

大手粗魯地拍打著唯健的肩膀，像是要表達善意地遞上一包藥粉。

跟熙城不同，唯健在哨兵之間的評價不差，團長會打罵唯健也是因為熙城的關係，只是想洩憤而已。不能確定哨兵集團的正式成員是怎麼想的，不過在這些領日薪的哨兵心中，對唯健沒有任何怨言，但也不會袒護他，所以在唯健被暴力對待時，他們只是看著不說話。

「不用了。」

唯健推開藥包，不用看也知道裡面的藥粉是什麼，肯定是能忘記痛苦、增加興奮感的毒品。

「臭小子，給你就收下啊。」

「真的不用了。」

「你哥呢？你哥不用這個嗎？」

——『唯健，我想說的是，乾脆就讓我這樣虛弱下去？』

耳邊似乎能聽到熙城虛弱地說著這句話，唯健嘆了一口氣，閉上雙眼。眼皮上那平時不易看到的疤痕露了出來。

「大人給的東西不要拒絕，就說聲謝謝收下就好，這是在幹嘛？」

這些堅守這塊土地的哨兵對他的拒絕無動於衷，依舊笑著把藥包塞過來。粗糙的手覆蓋在唯健戴著黑色手套的手上，距離一拉近，能聞到他們身上刺鼻發澀的菸味，不，仔細一聞，那不是菸味，是大麻，而且還是最劣質的大麻。

「還有啊，收下之後就不要只照顧你哥，也照顧一下我們這群大哥啊。」

「畢竟我們都是男人，碰一下也不會怎樣，我們就互相幫忙一下。」

接著開始撫摸手套下方露出的手腕，意圖很明顯，唯健只是默默地低頭。

除了熙城以外，唯健只為受傷或無法執行任務的哨兵疏導過，也只有輕微的擁抱，這是當初契約的條件。

有些嚮導靠替人疏導賺錢，他們的客群是那些發瘋或瀕死，渴望獲得疏導的覺醒者，服務項目從便宜的牽手，到金額較高的愛撫，甚至是做愛都沒問題。

但唯健沒有那樣做，畢竟是同為戰鬥集團的一員，是一起執行任務、出生入死的同事，要是像租借嚮導那樣有金錢上的往來，在紀律較為嚴明的地方就會受到懲戒。

唯健微微低下頭，垂著眼簾，露出一絲淡笑。眼睛柔和地彎起，眼下的臥蠶格外明顯，嘴角也微微上揚。跟平常的唯健不同，笑容十分平易近人。

「活得像狗一樣。」

但他說出口的話，跟平易近人卻絲毫沾不上邊。

「難不成就真的要像狗一樣活著？」

唯健甩開抓住自己的手，將藥包丟在地上後站起來。

「我就算沒有上過學，也沒有廉價到一包藥粉就能打發的地步。」

因為意料之外的反應而愣住的人們隨即乾笑起來。本來可憐這個年輕人為了養活哥哥受盡委屈，想對他好一點，沒想到……

「媽的，該死！」

「真是莫名其妙。」

「喂！你這傢伙膽子肥了啊？看在你是嚮導的分上才對你好聲好氣的，你現在是看不起我們嗎？」

這時，沉重的貨櫃門打開了。垂頭喪氣的熙城，像被刑警押送的犯人一樣，被團長緊抓著手臂一起走了出來，大概又是被叫到了某個角落訓斥。

熙城不停地轉動眼睛，馬上就發現唯健被憤怒的哨兵包圍，雖然不知道發生了什麼事，但氣氛不太尋常。

「唯健！」

他甩開團長的手跑過去，團長不自覺地瞟了他一眼，剛才分明還是個自己一舉起手，就怕到縮起身子的人。

「不准碰唯健！不准碰我的嚮導！」

「哥！」

「我要殺了你，欺負我、我們的傢伙！我一定會把你們撕成碎片……去死！」

跟弟弟一樣的黑髮，和浸滿淚水的削瘦臉頰，高大又纖細的體格，看上去是文弱書生的模樣，但從他的眼神中，能感受到被逼到極限的人才有的奇異壓迫感。

再這樣下去，白熙城這傢伙會瘋掉吧？可一旦被這種弱不禁風又陰沉的人盯上，就感覺格外恐怖。哨兵們不停吞著口水，移動手指思索著動用武力的時機。

「嗯？這是在幹嘛？現在又在吵什麼？別偷懶了，還不認真準備！在任務中要是出事的話可不會負責啊。」

打破僵局的是團長響亮的聲音。

那群人的目光逐漸從這對兄弟身上移開。或許是因為這些人眼裡只有錢，只要有錢能混口飯吃，其他什麼都不重要，這也許是件好事。

＊＊＊

搭上像是寫了人口販賣的老舊箱型車，穿越泰半成為廢墟的產業園區，到達任務現場後，眼前是足以吞噬貨櫃的大傳送門，傳送門前方聚集許多聞著錢而來的哨兵。

沒有穿著制服的Esper，也沒有管制出入的標示，看來中心那邊還沒有動作。這也不意外，畢竟新開的傳送門或變異種的情報都是錢，在國家跟媒體公開之前，如果被眼紅錢財的哨兵發現的話，就能大賺一筆。

「這次可是花了一大筆錢跟最初發現者交涉的，幾乎把預算都用完了。」

這應該是團長從幾天前就反覆強調的重要案子，一直在說這一次如果失敗的話，就要殺了我們，再殺死他自己。每個人都對此印象深刻。

先後到達的人，互相衡量著彼此的能耐，只是這裡不是哨兵集團聚集的首爾中心，而是邊緣地區，所以程度也不過爾爾。

「你也是趁機過來分一杯羹的嗎？短時間內這消息傳得還挺快啊，憑你們這些人可以嗎？」

陌生的哨兵上下打量著同業，一臉懷疑地問。團長泰然地聳聳肩。

「反正我們只是F級的小角色，不可能接近傳送門，大的獵物就讓其他人處理，我們在周邊撿點邊角料就好。」

「如果要處理小怪的話，對我們也是好事，今晚就算是合作關係，那就一起好好幹吧。」

眾人出於私利組成臨時同盟。不需要自我介紹或戰前會議之類的瑣碎程序，哨兵們迅速地將柏油路上巨大的黑洞包圍。無底的黑洞令人不安地微微搖晃，像是傳送門即將開啟，變異種要大量湧現的前奏。

時機正好，團長花高價買的情報看來是值得的，如果這裡出現了新型變異種，要是能找出新的攻略法，就能如團長說的，可以大撈一筆。就算不能，變異種的屍體跟副產品也能有可觀的收穫。

傳送門乍看之下像是地表塌陷時形成的天坑，但這跟一般的天坑不同，看不見內部，也沒有光線反射。如果用肉眼看宇宙的暗物質，應該會像這樣吧。

Outbreak以來，許多人紛紛投入傳送門的原理與成分的研究中，但依舊沒能找出真相，頂多只能知道這是連接人類生活的「這個世界」與怪物所在的「那個世界」的通道。

傳送門是變異種不斷湧現的入口，同時也是金礦與石油源源噴湧的寶地，但也相當危險。傳送門那一端是未知的空間，被稱為「巢穴(Pit)」。知道裡面有什麼的人並不多，最初進入傳送門的人，可以活著回來的很少，而且回來的倖存者也不願意輕易說出他們的見聞，像是不願意再想起那些畫面。

雖然哨兵最為人所知的，是只要有錢就會毫不猶豫地冒險，但也沒有人敢隨意進入傳送門內，因為他們知道要惜命，所以最低階的哨兵會對付遠離傳送門，偶爾爬出的變異種，等級稍微高一點的哨兵，會在傳送門附近戰鬥。這已經是約定成俗的慣例。

「不論發生什麼事情，都要冷靜，不要因為嚇到或害怕而毀了隊形，尤其是白熙城你這傢伙！給我振作起來！再亂來一次，我真的會親手殺了你！」

「……」

「怎麼不回答？」

「我會做好掩護工作，不會再發生同樣的事情。」

唯健替緊張到說不出話的熙城回應。

「以你們的程度，我不期望能夠打倒從這邊冒出來的傢伙，但至少要熟記特性與攻略，只要能做到就能賺一筆！」

「是。」

「對了，如果有掉落其他集團抓到的屍體的話，一定要馬上撿走，在誰手上就是誰的，這不是遊戲，不需要維持風度跟遵守什麼規則，現實社會不需要那種東西，知道嗎？」

團長不停地叨念各種注意事項，明明是每次出任務都會聽到的話，但今天似乎又講得更有力了。站得直挺挺的唯健，聽到後方的竊竊私語。

「S級咧？怎麼都只有這種等級的哨兵？」

對於低階哨兵來說，S級覺醒者只能在電視或網路上看到，覺醒者管理中心的高級哨兵是C級Esper，因為總部無力管理A級，更不用說S級簡直是另一個世界的人。

傳聞說他們手一揮就能摧毀一棟樓、移山造海，可以一天之內頻繁出入戰場等等，但幾乎沒有人親眼看過他們，當然會好奇，但環顧四周，就是沒有S級的人出現。

「明明說會來。」

「這又是從哪邊聽來的傳聞？」

「才不是傳聞，是哨兵論壇上的匿名文章！」

「我說過不要再去看那個該死的論壇了，對吧？要信那個，還不如去信選舉時的候選人政見。」

「這次是真的！」

哨兵們聊得相當起勁，沒多久就淹沒在人群之中。唯健也默默地跟著隊伍前進，但腦海中卻不停想著剛剛那些哨兵的對話。

如果成為S級哨兵，會是什麼感覺呢？至少不用像自己這種生活在社會底層的人，為了每天的生計而工作，他們之間肯定存在巨大的差距。據說全國的S級哨兵也不到十位。

不需要在錢的爛泥中打滾，只要一句話、一個手勢，從哨兵到高階政治人物、社會名流，甚至是覺醒者管理中心的Esper，都只能唯唯諾諾的。不用擔心動不動就罵人的上級，反而都是想方設法討好他的下屬。

不需要低頭忍受虐待，也不需要擔心下個月的生活費，那樣的生活……很幸福吧？

「一起去吧。」

熙城從後面追上來，手被抓住的瞬間，唯健才回過神來，發現自己沉溺於思緒中，都忘了要照顧熙城。

「啊，對不起。」

「我覺得好可怕。」

明年就三十歲的熙城，用著相當不符合年紀的口吻說著。他的時間好像依舊停留在十六歲那年冬日，載著父母的車從碎裂的大橋上掉落江水的那一刻。但唯健也沒有資格對他感到心寒，畢竟自己也只是外表長大了，看起來似乎能依靠而已。他的一部分也早已遺失在十歲那年的大橋上。

是啊，剛剛也不是什麼特別的事情，可能是因為哥哥擔心自己，所以一下子過於亢奮。比起那個，現在不是胡思亂想的時候，拿到這次薪水就能休息一段時間，今天只要平安度過、完成任務就好。

今晚一定要平安度過。

唯健費力地驅走腦中的雜念——不論是瀝著眼睛咒罵的熙城，還是談論著沒有出現的S級的哨兵。

＊＊＊

哨兵們在確認完分配的任務後，就熟練地走往各自負責的位置。熙城跟唯健負責的地方是和傳送門有段距離的畸零巷弄，處理所有可能逃往市中心的變異種。可想而知，這是想把問題隊員丟得遠遠的，省得麻煩。

唯健在狹窄的小巷中待命，確認自己的裝備，槍跟格鬥刀是他的武器。

除了擁有嚮導能力外，唯健就跟普通人一樣。雙手沒有製造冰和火的能力，體能也很平凡。因此想要在這樣的獵殺鬥爭中保命，至少要有這兩樣武器，一定要再三確認。

「還好嗎？」

唯健習慣性地敲著槍托詢問著。

「什麼？」

平淡的回應讓他停止擺弄手上的槍，轉頭看向哥哥。

「剛剛啊。」

「什麼剛剛？」

「哥出發前不是生氣了嗎？」

「……」

「不要在乎那些人，雖然他們向我要求了一些事情，但我有嚴肅地拒絕。」

「啊，哈，哈哈。」

熙城歇斯底里地笑了，自從他作為哨兵覺醒後，每天都不耐煩地生氣，沒有這樣笑過，似乎有點奇怪。

「我剛剛不是亂說的。」

「什麼？」

「敢惹我們的，我會殺了他們的話……不是亂說的。」

「……」

「我不想一直像傻子一樣被欺負，我為什麼一定要那樣？乾脆先把那些傢伙殺了，再殺了我自己。」

哥哥的精神正在逐漸耗損，在沾滿怪物血液反覆殺戮的生活中，就連唯健都覺得自己要瘋了，更何況是原本就精神敏感的熙城。所以才想今天做完就先休息一段時間。真的就這一次，只要平安度過今晚就好。

「哥。」

「膽敢惹我跟我嚮導的人，我會把他們通通粉身碎骨，連屍體都找不到……」

熙城低著頭，間歇性地聳動肩膀，怪異的話語從不斷結巴的嘴裡傳來。

「哥！」

聽到唯健堅定地呼喚，熙城愣愣地抬起頭。身高相似的兩兄弟，眼神在空中交會，兩人同為黑髮、黑眼，但和眼神沉穩的唯健不同，熙城的目光顯得紊亂失焦。

「……」

唯健不禁皺起眉頭，思索著接下來該說什麼。其實自己很清楚，應該要像以往一樣安撫熙城，聊聊熙城喜歡的濃咖啡與細纖維棉被，說我們今天這個任務完成後，就可以休假，無論如何都要緩解熙城的情緒。

一直以來，即便是開玩笑，唯健也不曾對熙城說過重話。因為知道哥哥每天都飽受著極大的痛苦，是一輩子都無法擺脫的副作用。這是唯健認為自己要更用心照顧哥哥的原因，所以當有紛爭時，一定會先認錯跟道歉，先安撫哥哥即將爆炸的情緒。

但在此刻，衝動勝過理性，他用從未說過的語氣說：

「我不只是你的嚮導，還是你的弟弟。」

「你在說什麼？」

「你有把我當成弟弟，不，當成家人嗎？」

熙城驚嚇到嘴唇不停抖動。

「白唯健，你！」

熙城一臉受傷，像聽到了難以承受的話語，有種被背叛的感覺，死瞪著唯健。

「你怎麼可以說這種話，我這麼辛苦，你怎麼……」

「哥。」

「好，都是我的錯對吧？都因為我是廢物才會這樣，我知道你的意思了，原來連你也跟那些人站在同一邊。」

「才不是這樣。」

「你不也是因為我很可憐才要照顧我的嗎？你心裡一定很想拋棄我這沒用的哥哥吧？你真的……真的很過分！」

唯健想開口反駁，卻沒有說出口。

「……」

這時才驚覺，戰鬥明明已經開始一段時間，卻沒有感受到任何動靜，這個時間點應該已經有變異種從傳送門出來，但不僅沒有變異種的身影，也沒有其他哨兵打鬥的聲音。四周太過安靜，就像倒在只有屍體與廢車的大橋中央。

舊時的創傷從記憶中湧現，一股寒意順著脊椎蔓延。唯健轉動僵硬的脖子，不是往身後巷口看……而是抬頭看向上方。

天色逐漸黑暗，原本天空就充斥著煤煙與霧霾，並不明亮，但現在連都市的人工照明都完全消失，巨大的物體籠罩在上方。如此巨大的東西，是怎麼從頂多能容納一臺大型貨車的傳送門出來的？從唯健與白熙城的所在地，到整片區域都如同停電一般，逐漸黯淡。

在黑暗中看見那東西的身軀，就如同星星一般。當然，不是童話故事中閃爍著美麗金黃色光芒的星星，而是所有元素混合的古老星球表面，在會融化一切的高溫與絕對零度之間不斷變化。

那也是變異種嗎？是活生生的，我們必須獵殺的對象嗎？太不像話了，不可能，那種東西到底怎麼……本能的恐懼與厭惡湧上心頭。

像隨風飄動的雲朵一樣，悠閒地在空中遊蕩的東西突然停止了，直覺感受到那東西將目光投向唯健與熙城，就像是認出這兩個少年，是當年在那座斷裂的橋梁上掙扎的兄弟……是想太多嗎？

「啊，呃啊、呃呃……」

熙城雙腿發軟，癱坐在地上。恐懼蔓延全身，發不出半點聲音。他失神地喃喃自語。

「為……為什麼？為什麼偏偏又是我。」

唯健咬緊牙關，艱難地移動雙手，想著一定要堵住熙城的嘴，雖然已經被發現了，但繼續這樣下去沒有任何好處。

「到底為什麼……呃呃！」

出事了。伴隨著一聲慘叫聲，熙城的眼睛往後一翻，只能看到眼白，口吐白沫地暈倒在地。

「哥你怎麼了？還好嗎？」

倒在地上顫抖的熙城顫顫巍巍地站了起來，接著發出一聲怪叫不停地揮舞著雙臂。

「啊……！」

在熙城隨機的攻擊下，唯健的手臂被劃傷了。劈開厚重的衣服，流出鮮血。不論唯健的裝備有多少，都只是一個沒有戰鬥力的嚮導，同樣的，即便熙城是覺醒者中最弱的F級，仍比一般人強悍，唯健在毫無防備的狀態下依舊無法對抗。

唯健被近乎瘋狂的無差別攻擊逼退到牆邊，扶著牆癱坐在地上，不知道是不是傷到了肌肉或神經，雙腿一點感覺都沒有。

「嗚啊！」

痛苦吶喊著的熙城突然彎腰吐血，還不停地用頭撞牆，試圖摧殘自己的身體，似乎是因為無法忍受痛苦而發狂，逃命般蹣跚著走往巷口外。

這是典型的暴走症狀，會在剛覺醒或太久沒有接受疏導、瀕臨瘋狂邊緣的哨兵身上發生。前者還算是比較好的情況，能力尚未成熟，可以輕易安撫，但後者是最糟糕的，失去理智且將剩餘的生命力榨乾的覺醒者，比平時更強大。這時的嚮導需要冒著生命危險嘗試疏導，或者做好會被殺死的心理準備來壓制他。

但奇怪的是，熙城不是剛覺醒的哨兵，也不是太久沒有接受疏導，為什麼會突然跟十三年前一樣暴走呢？是遇到過去將父母殺死的怪物而陷入恐慌的關係嗎？

「剛剛的聲音是從哪邊來的？」

「是這邊。」

巷口傳來人聲，似乎是其他人聽到聲音後過來了，熙城的嘴裡發出如野獸的低沉聲音，人聲逐漸靠近。

「不行……」

唯健只能發出呻吟，身體完全不聽使喚，鮮血從被刀深深劃傷的腿不停地冒出。

「這裡不是白熙城負責的區域嗎？喂！白哨兵，你在幹嘛？」

「難怪連變異種的影子都看不到，原來都在這邊聚集了。」

「好像有戰鬥的跡象？」

聲。

唯健屏住呼吸。可能因為過於緊張，眼前發生的一切相當緩慢，不停響著嗡嗡的耳鳴聲。

熙城像壞掉的提線木偶般搖晃，熟識的哨兵出現在轉角處，最先看到的是皺著眉頭的團長。他一開口就習慣性地審問熙城，但失去理智的熙城，根本不可能聽到團長的問話，只是氣喘吁吁地用渙散的雙眼瞪著同事們，揮動他鋒利的雙手。

「喀嚓！」鮮血噴向空中。那一瞬間，像黑白無聲電影般寂靜的世界支離破碎，像按下了音量鍵，從未聽過的可怕噪音頃刻湧入。

「喂，臭小子，打起精神來！」

「幹什麼呢……呃啊！」

沉重的圓形物體掉落，「噹啷」一聲，團長脖子以上的部位被乾淨地削斷，頭顱重重地砸在柏油路上，沒有闔上的雙眼又濺上某人的血液，手臂飛落、腳被砍斷，來自四面八方的攻擊也讓熙城身上血跡斑斑，慘烈的叫聲不絕於耳。

唯健握緊拳頭，撐著牆勉強起身。那物體已經不知不覺地消失在夜空中。十三年前也是這樣，將整座大橋摧毀，鬧得沸沸揚揚後，就轉眼銷聲匿跡，可一切都已經無法挽回。

明明不久前還在跟哥哥聊天，因為我說得太過分了而跟哥哥道歉，安慰他這次工作結束後，就可以好好休息……

唯健的內心燃起一團火球。

先是奪走我的父母跟平凡的人生，現在連我哥都想奪走，最後又若無其事地消失？

「救命啊……」

「呃啊！」

「攔住那傢伙！快攔住他！」

唯健用顫抖的雙手抽出皮套中的槍，憑藉一路以來累積的戰鬥經驗一步步移動，他拿起槍對準前方，卻不知道該射向誰。

是那些抱著殺死哥哥的覺悟撲向他的哨兵嗎？還是瘋狂到胡亂砍殺的哥哥？

就像熙城怕自己被拋棄，唯健也深怕失去熙城。失去僅剩的家人，真的非常可怕。

「請幫幫我！媽的，誰來幫幫我！」

有人瘋了似地嘶吼著，而唯健原本僵硬的雙手終於可以動了。他緩慢地移動槍口瞄準目標，食指扣住扳機。

感受到巷口那邊的傳送門傳來了些微動靜。貪婪的叫聲、數條腿在地面爬行的聲音、齜牙咧嘴流下口水的聲音，是那些既陌生又熟悉的聲音。

那是人類的宿敵——變異種爬出黑暗的地洞外尋找獵物的聲音，讓只顧著阻止熙城的哨兵們臉色瞬間刷白。

再一次進入混戰，簡直是地獄，哨兵與獵物角色顛倒，曾經獵捕怪物的哨兵，成了無力反抗的獵物。

全身覆蓋著甲殼，前足有像刀刃般尖刺的昆蟲類變異種，跟原先預計的大小不同，如果大家能依照應戰隊形，沉著應對的話，就不會單方面地被壓制。只是目前出現了一個變數——熙城暴走了，戰力因此大幅下降，讓還能正常行動的哨兵們陷入恐慌中。

「我、我不想死，呃，我不……！」

「呃啊啊！」

沒有人能保持戰鬥的狀態來守住隊形，大家陷入恐慌中，慌亂地逃竄，身上的血，不是自己的就是別人的，甚至紛紛扔下自己珍視的武器與裝備。

「……」

唯健就這樣手裡拿著槍，呆滯地站著，最後放下雙手。

明明腦中吶喊著要快點去救熙城，一定要用生命保護他……但身體卻無法移動。

漆黑的天空中沒有一點星光，而大地宛如煉獄般混亂，血腥味如夜霧瀰漫般吞沒他，濃烈的絕望感油然而生。這一刻他才意識到——

這裡是……

絕對無法逃脫的、最深的深淵中心。

＊＊＊

「砰——」子彈命中變異種的頭，雖然成功地在堅硬的外殼上劃出一道傷痕，卻沒能穿透大腦。

唯健咬牙重新調整好姿勢，被熙城砍傷的傷痕流血不止，讓他頭暈目眩，但瞄準仍精準得沒有一點偏差。

這一槍是嘴，濃稠的藍色血液飛濺而出，數條變異種的腿不停地扭動，讓滿是廢棄工廠的破舊街道更加慘不忍睹。血液像塗鴉一般噴灑在暗沉的水泥牆上，變異種和哨兵的屍體就像廢棄物一樣散落在各處，而漆黑的傳送門就只是張著大口，悠悠地守在原地。

「嘶嘶嘻——」

變異種的咽喉發出如同漏風一般的奇怪聲音，應該是氣管裂開了，但不能掉以輕心。牠們很難用一般武器殺死，就算被砍頭、剖腹，也能活著。

彈匣剛才已經空了，唯健毫不猶豫地放棄攻擊，轉身離開。

看到熙城渾身是血地倒在地上，在十幾位哨兵混亂的攻擊下，哥哥終於停止了暴走，但狀態相當糟糕，全身布滿傷痕，過度使用的手臂不斷抽搐。唯健把哥哥的手臂搭在肩膀上扶起，但身上的重量讓受傷的腿疼得眼前一陣發暈。

「嗚……」

一定要在敵人再次追擊之前找到藏身處。

唯健帶著哥哥鑽進狹小曲折的巷弄中，直到確定短時間內可以躲避敵人為止。喘著粗氣讓哥哥平躺在地上，自己則是靠坐在半倒塌的牆邊。不過現在不是可以悠哉休息的時候，還有更緊急的事情要處理。

「哥，你還好嗎？可以聽到我說話嗎？」

「……」

熙城沒有回應，呼吸逐漸微弱。

糟了，原則上，暴走的覺醒者必須在制服後盡速送到醫院，可即便如此，存活率也不高，就算幸運地活下來，也會留下後遺症，身心都會出現問題。

「拜託，拜託……」

佑健跪在熙城身旁，急忙脫下身上的防彈背心。鈕扣的部分被血浸透，很難打開，所以乾脆扯下一半，手因為顫抖的緣故不聽使喚。他彎下腰緊抱住熙城，兩人的心臟相連，熙城身上的血也浸溼了唯健的身體。

「你不能死，醒醒啊，快醒來啊！」

唯健失神地不停呼喚，與平時淡然的語氣不同，顫抖得令人心酸。

「是因為我白目說了那些話的關係嗎？對不起，是我讓哥心情不好，哥！是我錯了，所以請你一定要醒來！」

他拚命地嘗試疏導，就像當年在傾頹的大橋上保護失去意識的哥哥一樣，但連這樣也未能如願，因為熙城已經進入瀕死狀態。所謂的疏導，是穩定哨兵過於敏銳的感官，最大限度提高身體本身的恢復力，只能算是促進療癒的催化劑，並不是直接的治療。

「唧唧——」

又傳來變異種的咆哮聲，那傢伙受了傷非常憤怒。拖著傷痕累累的身體又帶著一個病患，很清楚可能很快就會被追上，但沒想到會這麼快。

「……」

唯健低頭咬緊牙關，原本不安的呼吸漸漸平穩，他握緊顫抖的雙手緩緩起身。凌亂的瀏海之間，露出烏黑且深邃的雙眼。

子彈已經用完了，槍成了無用之物。現在只剩下一把尖銳的小刀，但也不能就這樣逃跑，因為身後還有瀕死的哥哥。

雖說嚮導沒有戰鬥能力，但帶著必死的決心撲上去，至少可以殺掉一隻吧？都在戰場上經歷這麼多了。

下定決心後，大腦迅速冷靜下來。

不久後，一個醜陋的變異種出現，長得像螳螂的怪物在發現獵物後，高興地手舞足蹈起來。就在這一刻——

「匡啷」！世界天翻地覆，空氣沉重得難以呼吸，彷彿被一隻無形的手掐住脖子，發不出的呻吟聲只能卡在喉嚨裡。

眼前變異種的身體發生異變，不論開了多少槍都完好無損的外殼，像擠壓鋁罐一樣輕而易舉地變形，緊接著，傳來變異種的關節和消化器官發出的碎裂聲，隨著「喀嚓」的聲響，數條腿在地上朝不同的方向扭曲，變異種的身體碎裂，瘋狂地掙扎。

「唧！唧唧！唧……」

變異種的聲音逐漸減弱，直到再也發不出聲音。最後，「啪」的一聲，長著觸角的頭承受不住壓力地炸開，像西瓜砸在地面上一樣，半徑數公尺內的路面灑滿了腦漿與體液，藍色體液中夾雜著肉塊與表皮組織。

變異種死亡的地方瀰漫著淒慘的寂靜。唯健僵硬在原地，手腳冰冷得像泡在冰水裡，就這樣不知道過了多久。

一片死寂中傳來腳步聲。是靴子或是軍靴發出的聲音。

冷冽的黑夜中出現一個陌生的男人，他悠閒地穿過混亂的小巷。

一步又一步，隨著他的步伐，路燈熄滅，原本停放在路邊的車子凹陷了，變異種的屍體再度被碾壓，就連不知道是失去意識還是死亡的哨兵們也無法倖免。

人類與怪物肉體的碎裂聲不斷響起，男人彷彿是品味管弦樂和聲的指揮家，優雅地走過來。這景象太不真實了，接著他突然停下，和唯健所在的地方有段距離，看不清表情。從他嘴唇間溢出危險的氣息。

男人身著西裝，身材高䠷，像財團的繼承人或事業有成的年輕企業家，但在那件高級襯衫下，是歷經無數次戰鬥磨鍊出來的身體，而他的臉龐，卻猶如玻璃工藝雕塑的玫瑰花，完全沒有粗糙的感覺。

他用戴著手套的手指向天空，空無一物的黑暗夜空。

「看到了嗎？」

這是一句沒頭沒尾的問題。相較於剛剛那場可怕屠殺，這聲音柔和得過分。

「……」

唯健保持沉默，沒有放鬆警戒。男人偏過頭，像是在催促著回應，凌亂的瀏海散落在額前。他的頭髮也是罕見的顏色，混合混濁的褐色與黯淡的金色，像被漫長冬夜風乾的色調，如果非要定義的話，應該是灰色，可是怎麼會有這麼華麗的灰色？

「你打算一直沉默下去嗎？」

「……」

「真是討打的性格。」

男人垂下眼神，那是帶有戲劇性的動作，小小的表情變化就令人心驚。

「不肯說話嗎？我要怎麼做呢，如果打飛他的頭，你會改變心意嗎？」

像是在苦惱要不要踩死蟲子的語氣。聽得出來不是假話，他完全有能力做到，這讓唯健手心冒汗。

唯健緊閉雙眼。幼年時看見的不明變異種、熙城突如其來的暴走、S級會出現的傳聞、眼前的陌生的男人，一幕幕破碎的資訊不停在腦海閃爍。受傷的腿依舊冒著血，連思考能力都開始渙散，腦袋早就無法運轉了，所有一切都異常混亂。最後他睜開雙眼，簡短地問道。

「看見什麼？」

「長久的災殃。」

「災殃……」

唯健喃喃地重複了他的話。這個比喻對向來有話直說的唯健有點難懂，但不知為何，他似乎明白了。

「如果你指的是那個出現在天空中的巨大變異種的話，它突然出現又突然消失了，還有……」

說到一半就停了下來。直覺警告著自己要快逃，不要繼續跟那個怪異的男人說話。

對方不是正常人。從遠處走來時沒有察覺，但越靠近就越能確定，這個人的眼睛通紅充滿血絲，瞳孔還會不時晃動，衣袖之間隱約可以看到白皙的皮膚布滿瘀青，不是外部攻擊造成，而是從內而外浮起的瘀傷。

食蟲類植物以華麗的外型與甜美的香味誘惑並捕食獵物，魅力與瘋狂只有一線之隔，那人是危險的存在。比怒視著唯健與熙城的變異種還危險。

「啊……哈。」

凝視著唯健的男人笑了起來，像落在廢墟戰場中的天使，眼眸中閃爍著危險的光線。

「原來真的看到了啊。」

唯健反射性地退縮，從來沒有如此後悔沒多帶一點彈匣。

「明明有看到，怎麼還如此正常？這個國家還有我不認識的S級嗎？」

男人用溫和的口吻邊問邊走了過來，唯健把昏厥的熙城護在身後，將巨大的不鏽鋼桶橫倒在兩人之間阻擋著，可男人卻絲毫不看在眼裡，泰然自若地走來，巨大的鋼桶瞬間被擠壓，遠遠撞到牆上。

「那種東西，對我來說不算什麼。」

他看向唯健的眼神，就像電波不良而吱吱作響的電視。

「你應該不是普通人。」

唯健的腳被什麼東西絆住了，隨意亂丟的槍枝，不是其他哨兵在逃亡中掉落的，就是死亡後散落在地上，只有這兩種可能。

唯健小心翼翼地不讓男人發現自己在注意地上的槍，緊張得背脊發麻。

等一下，只要有一下短暫的漏洞。

「我知道了，你是嚮導。」

唯健沒有錯過機會，他用腳尖快速勾起槍。憑著槍在手上的重量感受到了，還好不是空槍。他熟練地調整槍枝，瞄準前方。

「是『拿槍』的嚮導，你再靠近一步，我就開槍了。」

S級應該不可能會輕易被槍嚇到，但不論他擁有多強悍的能力，也是血肉之軀，心臟或大腦一旦中槍，肯定會死。試試看就知道了。

「好可怕喔。」

槍口瞄準眉心，但那男人完全沒有害怕的神情，微微笑著舉起雙手。

「但是這裡怎麼會有拿著槍的嚮導呢？要是被誰帶走怎麼辦？連條狗鏈都沒有。」

唯健沒有回答，用上膛的聲音作為回應，扣下一半扳機。

「我沒有把掉在地上的東西撿起來吃的愛好，但你孤零零地被丟棄在這裡……讓我產生了欲望。」

唯健聽了這段話沒有動搖，只是想著何時該開槍？能擊中嗎？擊中的話，能給予傷害嗎？

冰冷的頭髮微微晃動，但這裡明明是無風的小巷。

「……」

唯健身體一僵，眼睛看向旁邊，發現自己的頭髮微微飄揚，有一股未知的力量小心翼翼捋過散亂的瀏海，明明自己是短髮，根本不可能夾到耳後。

一意識到這一點，唯健雙腳一軟，跌坐在原地，被自己遺忘已久的疼痛重新在受傷的腿上蔓延開來。男人大笑出聲。

「嚇到了嗎？我只是開個玩笑。」

他漸漸拉近距離，陰影將唯健籠罩。

「我不過是晚到了一點，沒想到都結束了，還以為這次又白跑一趟。」

唯健摸索著地面，再次撿起槍，在要扣下扳機的那一刻，男人用手擋住槍口，若是一般人，那他的手掌……不，整隻手都會被炸飛，但是……

「還好我有過來。」

他笑著握住槍，合金槍管連帶裡面的子彈一起被壓碎。瞬間失去抵抗武器的唯健茫然地張了張嘴。

男人脫下皮手套，白皙的手就跟臉一樣白淨無暇。一隻大手緊抓唯健的脖頸按在地上，後腦杓受到的撞擊讓唯健眼前一黑。

「呃啊！」

從相觸的部位冒出火花，身上的精力瞬間被對方吸走。

在為熙城疏導時，唯健總是很小心。他像是盈滿的水槽，而熙城只是一個小杯子，因此要小心翼翼地不讓水流過於洶湧而溢出。

但這個男人是沙漠，廣袤乾旱的大地上從未下過雨，只要不小心滴落一滴水，就會在瞬間被吸乾。

還不夠，還要再多、更多一點，直到嚮導停止呼吸，屍體也乾癟；直到這令人憎恨的渴望全部消失為止。暴戾的渴望順著全身的血液流淌，這根本不能稱之為疏導，這是暴力，他只是碰了一下脖子而已，根本無法想像他到底有多飢渴。

唯健瘋狂地搖頭掙扎，死命地抓住勒緊自己脖子的結實手臂，同時試圖用腳上的軍靴踢開男人，但男人紋絲不動，勒住脖子的手臂青筋暴起，另一隻手摟住腰，把唯健拉向他。如果從遠處看，簡直就像是在廢墟中激情打滾的戀人。

「啊……呃。」

男人發出呻吟聲，唯健勉強睜開雙眼，淚眼朦朧之間，看到了男人的臉龐，他的兩頰紅潤，眼睛像星星般閃亮，細細的睫毛微微顫抖著。

唯健在這迷惑的樣貌面前費力掙扎，雙脣不停張闔，卻發不出任何聲音，眼前一片茫然，耳邊充斥嗡嗚聲，無論怎麼抵抗都無法擺脫的絕望侵蝕腦海。

「我能理解沒有嚮導會讓人發狂，但無法理解那些為了嚮導而瘋狂的傢伙……」

他鬆開勒住脖子的手，空氣突然開始流通。

「咳咳！咳，你，咳咳！」

從束縛中解脫的唯健癱軟在地上，耳邊傳來低沉的笑聲。

「哭得再厲害一點，可以做到的吧。」

「你、你這瘋子。」

「不可以說髒話喔。」

「……」

「以你的能力，吃F級的屌難道不傷自尊心嗎？還是只要能被插，就不在乎等級？」

「閉嘴！」

「那個男人這麼厲害？但他外表看起來……很抱歉啊。」

男人隨意看了一眼熙城，聳了聳肩，一下子點燃了唯健眼中的怒火。

「我叫你閉嘴！」

「又是誰的嘴講話這麼難聽呢？」

他眉頭緊皺，語氣就像在勸導小朋友一樣。但以目前的情況來看，十分不協調，反而像是騷擾。唯健愣愣地望向男人，男人的臉略微扭曲，表情愉悅地看著他——你究竟是躲在哪裡，怎麼到現在才出現？

他緊緊地抱著唯健，深情地看著他，整理他散亂的黑髮，托起下巴。沒辦法繼續忍耐了，沒有給對方反應機會，兩人的雙唇迅速交疊，唯健被男人禁錮在胸前，溼潤的舌頭鑽入，不斷在嘴裡吸吮，嘴角的傷口好像又裂開了，有股淡淡的血腥味。

一直處於失神中的唯健終於回過神來，發現自己被如何對待的瞬間，整張臉漲紅。

「嗚、嗚啊！」

急忙伸手想推開男人的胸膛，但男人紋絲不動，只好換個方式，抓住男人的襯衫衣領，卻只扯掉幾顆鈕扣。原本想藉此阻止他，但看來也只是痴心妄想而已。男人發出笑聲，更加凶猛地撲向唯健。

他非常執著，用力吸吮著舌頭，時而瘋狂地咬住下唇，舌尖還會不時掃過上顎，張開的雙腿間，男人的重量令他喘不過氣來。只是親吻而已，卻感覺到體內深處在劇烈地抽動著，充滿水分的粉色黏膜上，體液不停滴落的幻覺在眼前晃動。

從敞開的襯衫領口瞥見瘀青漸漸消散，像是倒著播放墨水滲入紙張的畫面，接受疏導的過程中，傷勢以秒為單位痊癒，讓人不禁起雞皮疙瘩。「不要把S級當人看」，原來是這個意思嗎？

漫長的深吻結束，兩人的雙唇一分開，唯健馬上舉起拳頭，但隨即被伸齊抓住。接著想抽出腰間的小刀攻擊，又立刻被按住受傷的大腿，鮮血從褲子的破洞噴出，唯健心跳加劇地發出呻吟聲。

「嗚……」

「要說點好聽的話啊，你一直發火，害我只能這樣堵住你的嘴。」

即使雙臂都被抓住，唯健仍不氣餒地繼續瞪著對方，帶有傷痕的眉眼皺了起來，溼潤的嘴唇中不停發出沉重的呼吸聲，手腕疼得像要被捏碎了，但他沒有露出疼痛的神情。

嚮導一般分成兩類，不是詛咒自己的處境，陷入自憐之中，就是將疏導能力視為權利，將哨兵踩在腳下。但這位青年既不是前者，也不是後者，所以相當神奇。原本只覺得嚮導拿著武器戰鬥是件很好笑的事情，就像西洋棋中，國王與士兵並列在最前線一樣。

應該賦予走出寶座的國王相應的武器。

因為太容易將軍的話，就不好玩了。

「宮神星（Almuten）。」

男子彎腰小聲地在唯健耳邊說道。

「你面對的災殃，就是這個名字。」

男人終於鬆開緊握的手腕，但唯健已經無法有任何反應，半闔著失神的雙眼，能夠到現在都還撐著沒有昏倒已經很厲害了。

「那傢伙早晚會再次出現在你面前，牠不會放過看上的獵物。」

他滿足地舔了舔嘴角的血後站起身，淡然的態度像是從未有過熱情一般。

來到這裡的目標都達成了，不，應該說是獲得了超出預期的成果，沒有理由繼續逗留在這骯髒的巷子。

「我們很快就會再次見面。」

「那個，那是什麼……」

「掰掰，拿槍的嚮導先生，希望下次你準備讓我吃的不是子彈，而是其他東西。」

男人轉頭離開，軍靴的聲音逐漸遠去，耳邊只迴盪著最後一句含著笑意的話語。遠處傳來警笛與直昇機的聲音，看來是覺醒者管理中心出動了，那些懶惰的Esper總是姍姍來遲。當然這一點有好有壞，而這一次是後者。

唯健閉上雙眼，全身像是被石頭打過一樣疼痛，流了太多血，覺得身體有點冷。再也無法思考，也無法顧及身旁的哥哥，意識逐漸渙散，很快地陷入黑暗。

2

幻境塔

天亮了，朦朧的陽光照射在高樓外牆，這個國家的天空早已被霧霾佔據，藍天白雲成為了舊時代的遺物，只能在照片或影片中觀賞。

Outbreak導致既有的汽車與工廠遭到破壞，但也相應的建造了許多新工廠，像是將變異種的副產品加工生產為新材料的工廠，還有製造特殊武器與護具的工廠，占地面積不大，卻塞滿了建築物與各種設備，在人類即將滅亡的恐懼之下，完全無心顧及環境保護，人類無法居住的地方變成叢林，而人能生活的土地變成水泥森林。

看著以灰色與綠色，在都市外圍形成鮮明界線的景色，男人手上拿著熱騰騰的咖啡杯，坐在用最高級皮革製成的沙發上，懶洋洋地翹著腳。

陽光透過落地窗照射進來，在他臉上繪製了一幅耀眼的畫作。在市中心的高樓頂層，穿著時尚地享用著咖啡的男人，這就像精心拍攝的男性時尚雜誌封面一般。

背後的門被猛地打開，打破了原本的平靜。

「禹伸齊！」

這男人——伸齊維持著傾斜的坐姿，輕輕抬頭看向背後，凌亂的灰髮散落在沙發靠背上，他對不速之客的登場毫不驚訝，泰然地回答。

「早安。」

「早個屁，有夠鳥的早晨！」

門一開，走進了一個高個子男人，短髮加上晒黑的皮膚，凶惡扭曲的臉上殺氣騰騰。

「你幹了什麼？去那裡做了什麼？」

伸齊沒有理會接連的問句，反而優雅地用下巴指了指濃縮咖啡機說：

「什麼？尹燦，早安咖啡？」

「我不喝！你明明出發前還因為沒有疏導而半死不活的，是做了什麼可以這樣精神奕奕地回來？」

「完全不知道你在說什麼。」

「你這傢伙！」

尹燦擺出血壓升高，快要氣死的表情。他是S級哨兵中情感豐富、表情多變的類型，很容易生氣、興奮與開心地笑，反而更像正常人類。

「不是說要去找宮神星，結果是去接受疏導？誰幫你疏導的？適合你的嚮導根本不到百分之二。」

「嗯，那是……」

伸齊十指相扣，往後一靠，整個人埋在沙發裡，悠悠地說著。緩慢眨了眨被陽光照射著的睫毛，感覺相當平靜。尹燦心急如焚地等著回應。伸齊終於開口。

「祕密。」

「就算我明天會死，今天也一定先弄死你。」

「從剛剛開始就在想怎麼有股抹布的味道飄過來，原來是你的嘴啊。」

「我怎麼會在你這種人底下做事！」

尹燦咬牙切齒說著，額頭冒出青筋。每次都下定決心不要被這傢伙的話激怒，但每次都還是會被氣到臉色扭曲。

第一次遇到這傢伙是十幾歲時，歲月如梭，眼看一起度過的時間將近二十年，說兩人是損友也不為過，但對方目前就是個可憎的上司兼仇人。

「不要太生氣，這樣腦血管會爆炸的。」

「什麼？」

「尹燦哨兵，等等要記得去做血壓檢查跟腦部檢查，費用就從預算出。畢竟疏導對大腦沒有用。」

「你才要去檢查，你這瘋子！」

伸齊完全忽略尹燦的話，再次喝一口咖啡，就在尹燦氣到說不出話的期間，又有一個人走進來。

「我原本想找大仁哥一起來看燦哥爆氣的，但他說沒興趣。」

看起來剛滿二十歲的青年——不，用少年來形容更恰當——天真的坦白，讓尹燦更加挫折。

「你們這些傢伙全都一樣該死！」

「團長，不能把那個嚮導帶過來嗎？」

「喂，權稀秀！」

身為當事人的伸齊沒有特別的反應，但尹燦卻急得跳腳，稀秀用明朗的笑臉繼續說：

「好吃的東西要跟家人分享才對，只有團長你獨占，這不公平。」

「不要，你怎麼知道那個嚮導跟我們合不合得來？。」

「就是不知道，才要帶來看看啊。就算跟我們合不來，至少跟團長適合，也不錯不是嗎？」

「我要繼續用租的，或是跟其他人借，不想跟專屬的睡。」

「是差在哪裡？」

「我是不知道那個嚮導有多厲害，我們這裡有兩個S級跟兩個A級，都沒有搭檔，他如果自以為是地想操控我們怎麼辦？我可無法忍受。」

由於嚮導人數少，但需要疏導的人多，所以經常發生這種事情。嚮導常會將覺醒者的執著與迫切視為戰利品，或是將親密行為當作武器，展現優越感，通常只要出現一位這類型的嚮導，整個團體就會分崩離析。

特別是擔任S級或A級，這類高級覺醒者的嚮導更是如此，一旦運氣好跟S級相合，成為伴侶之後，就會以為自己也是A級般耀武揚威，令人失望透頂。

尹燦不知道嚮導之間是怎麼想的，但從他作為哨兵的立場來看是這樣。與覺醒者不同，嚮導沒有等級，只有依據不同對象，被稱為「匹配率」的相性數值，會有巨大的變化。

曾經有過同一等級的兩位覺醒者，面對同一位嚮導，一位的匹配率是零，但另一位則是百分之百。與F級完全不合適的嚮導可能與A級的匹配度很高。當然，這是最極端的例子，現實中，等級與匹配率整體上呈反比。

「說不定是沒有那種想法的嚮導呢？也許真的只是來工作。」

「媽的，那更有問題！怎麼會有人自願來我們這裡？又不是瘋了！就算來了，能撐下去嗎？你們忘記上次那個嚮導不到一個月就瘋掉了嗎？」

「那是他太快彈盡糧絕，一天玩幾個小時就撐不住了。為後來的人著想，我還特地省著用耶。」

稀秀坐在沙發上，像少年一般笑著，說著與他稚氣的外表完全不符的話。

一般人覺醒的時間是出生後，比較早的會出現在兒童期，晚一點則在青少年時，能力會覺醒。與其他覺醒者不同，稀秀一出生就是覺醒者，他的母親與接生的婦產科醫生是他能力底下的第一組犧牲者。

珍貴的精神系能力者，而且是A級，在他形成自我之前，就被貼上危險的標籤，大家都恐懼這個連話都還不會說的嬰兒。道德、良心、法律等，對這孩子來說，都不是重要的事情，殺人如殺昆蟲一般容易。長大後才知道這個世界有比他更強的覺醒者，進入哨兵集團後，才開始有了社會化的樣子。

尹燦每次看到稀秀，都會想起幼年時期的伸齊。雖然兩人的個性不同，但某一面卻很相似。出生起就擁有過於強悍的能力，在完全不理解「普通」人類的同時，也帶著極大的好奇心。

「這裡是幻境塔(Erewhon)，一堆人大排長龍來求職，哪怕是最基層，不，臨時工也好，只為了被僱用，你卻要讓一個完全沒有經過資格檢驗的嚮導空降進來，既然如此，那制度的存在有什麼意義？為什麼要制定規範？」

「那個制度，是誰定的？」

帶著習慣性微笑，聽著兩人對話的伸齊開口反問。空氣一瞬間凝結。

「我就是需要他。制度？規範？如果成為了阻礙，我就會突破這一切帶他回來。」

「其他傢伙……」

「如果有人反對的話，就來找我，我也很想知道，在我面前是不是還能這樣說。」

「就算是這樣，你要怎麼帶那個嚮導過來？你要老實說嗎？這裡有四個因為沒接受疏導而有問題的傢伙，要跟四個人有身體接觸，忍受死一般的折磨？還是他就是喜歡？」

「……」

伸齊的笑臉中，眉頭微微皺了一下。

好像該收手了。尹燦閉上嘴，這傢伙雖然外表看起來清雅高尚，但內心卻比在場的任何人還陰險。尹燦能跟他這樣鬥嘴，是因為從小就認識的關係，一旦越線，他也無法保證安危。

「我遲早會帶他過來的，我不會放任他在外面。只要我從他身上得到我想要的，看你們是要分食還是怎樣，都隨你們。」

「所以要怎麼辦？」

「當然是去求婚了，要盡量打扮得漂亮一點。」

他用雙手托著下巴當成花萼，歪頭微笑。一大早還沒有整理的頭髮自然垂下。這個比起穿T恤、拿著槍，更適合穿三件套西裝、搭配珠寶和天鵝絨的男人，做出這樣的動作未免過於嬌俏，但他的臉龐真的就像花一樣，所以不會顯得搞笑或難看。

「如何？」

「很討厭。」

尹燦舉起中指，伸齊沒有理會他，閉上眼靠在沙發上，開心地喃喃自語。

「要不要準備花跟戒指？啊，真興奮。」

＊＊＊

唯健一睜開雙眼，還沒有看清這裡是什麼地方就想起身，身上蓋著的薄被沙沙作響，全身痠痛不已。這裡不是廢棄工廠林立的冷清街道，而是燈光充足的安靜室內，牆壁與地板是沒有任何花紋的象牙白，還有，唯健的對面是──

「哥……」

唯健虛弱地低喃，他伸出手臂，沒有注意到插在手上的點滴管被拉扯著，有道聲音在背後響起。

「請不要亂動。」

可唯健沒有意識到其他人的存在，只是一味想要起身。熙城就躺在幾公尺前的床上。跟身體各處纏著繃帶、插著點滴，與看起來還完好的唯健相比，他顯得非常淒慘，從頭到腳包著繃帶和紗布，根本看不清臉，各種醫療設備的電線連接到他的身體上，生理監視器上不時以細線來描繪脈搏的跳動，也是可以確認熙城還活著的唯一方式。

「我是那個人的嚮導，我要治療他。」

「不行，請讓開。」

「我哥現在生命有危險啊，哥、我哥不能沒有我……放開我，我說放開我！」

一向冷靜的唯健，話語的尾音淒厲地嘶吼。他最後的記憶是自己在暴走後陷入瀕死狀態的哥哥身邊失去意識，怎麼可能還能維持理智。

「目前白熙城的狀態很糟，就算進行疏導，您只是握住他的手或是隔著衣服抱住他也沒有任何意義。」

「沒有任何意義？」

唯健呆滯了好一段時間，最後伸手摸索著上衣的鈕扣，手不停地顫抖著。

「我要幫他疏導，我可以做其他的事情，為了我哥，我一定要……」

「先生，您這樣的話……」

唯健身旁的護士試圖抓住他。不過另一個人更快地開口。

「白唯健嚮導。」

對於剛從昏睡狀態甦醒的病人來說，這是相當強硬的口吻，病房的窗邊站著一個陌生人，身上的暗紅色制服穿得一絲不苟。

「我是C級Esper，鄭昌赫少校。」

他用公式化的語氣介紹自己，唯健失神地看向那人胸膛上的徽章——雙手合攏成半圓形，其中有一團燃燒的火焰與一片雪花——象徵覺醒者管理中心。

以他的外表來看，作為少校太過年輕，不過這也是理所當然的，因為覺醒者管理中心的階級與年齡無關，等級低的人，就算服務數十年也還是基層人員；等級高的人，就算是未成年，也可以是少校。

「F級哨兵白熙城，是你的親哥哥嗎？」

「是的。」

「所以你是以白熙城哨兵的嚮導身分，參與昨天的傳送門戰鬥嗎？」

「……是。」

「白熙城哨兵被指認為這次事件的嫌疑犯，現在要請你作為證人協助調查，而根據情況，你也有可能成為本案的嫌疑犯。」

這是一段有點虛幻，更可以說是晴天霹靂的話。

「什麼……」

唯健不由自主地看向熙城。覆蓋了他面部一半以上的呼吸器，內側反覆出現微弱的霧氣。明明是被害者，怎麼會是嫌疑犯。

「白熙城哨兵與你等二十三位哨兵，於昨日晚間十一點整，在善蘭洞一帶的廢棄工業園區內生成的傳送門前進行攻略行動，目前確認的倖存者僅有五名左右，他們身體都有部分被砍斷，或是陷入昏迷。」

可怕的記憶又湧現，不停驚恐地吼叫、逃竄的人們，四處是一片血肉模糊。即使是在有暖氣的病房中，也依舊讓唯健感到寒意。

「根據該傳送門的事前調查顯示，當時被分類為中小型，參加人員多數是F級到E級，但人數眾多，完全可以處理。就算運氣不好，頂多也只會有幾位傷者而已，但最後卻演變成重大事故。」

「您想說什麼？」

鄭昌赫少校面無表情地談起了正題。

「目前覺醒者管理中心懷疑白熙城哨兵是故意暴走。」

在腦袋接收到資訊前，身體先顫抖了一下。「匡啷」一聲，唯健猛地站起，小腿撞上金屬製的床邊，連手背上的點滴管掉落了都不知道。

「覺醒者中雖然少見，但確實會有對社會跟周遭人士懷恨在心而故意暴走，進行自殺式恐怖攻擊的案件。」

「我哥不是那種人！」

「聽說白熙城哨兵心理狀態不佳，被周圍的哨兵孤立，我們還取得他曾經說過『要殺死那些欺負我的人』的證詞。」

熙城是這樣說過，但不過就是說說而已，他總是這樣，發飆時對唯健說了很多難聽的話，但不久後就會道歉。昨天肯定也是如此，一定是因為連日出任務而異常疲憊，加上被人藐視，所以才一時說了氣話，沒有其他的意思。

何況熙城也沒有膽子去付諸行動，他不只害怕自己受傷，也害怕別人受傷。都已經成為哨兵十年了，依舊很害怕殺變異種，這種人怎麼可能引發自殺式恐怖攻擊？

「一般來說，暴走現象是長久沒有接受疏導，身心都達到極限時才會發生的情況，可是白熙城哨兵明明有專屬嚮導在身旁，怎麼還會出現暴走現象？」

「……」

「還是你也贊同白熙城哨兵？所以故意不幫他疏導，甚至放任他暴走？」

「我會為了那種不像話的理由，刻意讓我哥送死嗎？他是我唯一的家人！」

唯健難以置信地反駁，下唇微微地顫抖。

「除此之外，還有更合理的解釋嗎？」

「那時出現了從未見過的變異種形態，是非常大的變異種，看一眼就會讓人精神失常，是牠影響了我哥。」

「Esper們昨晚連夜地毯式搜查過現場，除了通常被稱為『螳螂』的昆蟲型低階變異種外，沒有其他變異種的痕跡。」

到。」

「因為只出現了一下子就消失了。但牠大到可以覆蓋整個天空，所以一定也有其他人看到。」

「倖存者中沒有人做出那樣的陳述，他們的證詞都很一致，說傳送門開啟了好一段時間，卻沒有任何徵兆，大家覺得奇怪，直到白熙城哨兵突然放聲大叫，他們以為變異種都往那邊聚集了，結果一起到那邊就看到白哨兵突然暴走。」

「不，不可能。那麼大又強悍的傢伙怎麼可能沒看到……啊，還有一個人，除了我跟我哥外，還有另一位目擊者。」

「您說的是誰？」

「……」

當時現場有一位S級覺醒者，彷彿同時散發著清新的花香與腐朽的血腥味，美麗卻又令人毛骨悚然的男人。他就像劃過夜空的流星，降臨在廢棄工廠，只留下莫名的話語與暴力的親吻就消失了。唯健連他叫什麼名字都不知道，就連與他相遇這件事本身，都像是自己失去意識時所做的夢。即便說出口，對方也不會相信。

「白唯健嚮導，我理解你想要袒護白熙城哨兵的心情，但請不要做出虛假陳述，越是這樣，你是共犯的假設就會越明確。」

唯健沒有回應，將晃動的眼神投向地面，呼吸相當不穩定。他咬緊牙關，神經質地撩開凌亂的頭髮。

眼睛上那道疤痕吸引了人們的視線，在點滴針頭被扯下的地方，血滴順著手腕流下來。

鄭昌赫少校默默打量唯健，眼前這位青年還很年輕，不僅資料上這麼顯示，本人實際上也是。來到這裡之前，就已經知道白熙城是二十七歲，白唯健是二十三歲。如果Outbreak沒有發生，沒有覺醒成為嚮導的話，應該會過著平凡的大學生活。

白唯健本人高䠷、纖瘦，身材不錯，但還不是完全成熟的男人。雖然經歷無數戰鬥使得眼神麻木、表情僵硬，但仔細觀察會發現，他依舊帶點少年的稚氣，或許是因為滿身傷痕的穿著病患服，看上去更顯可憐。

鄭昌赫少校內心嘆了一口氣。再這樣下去，說不定會哭天喊地、血氣方剛地打起來吧。到目前為止，在調查覺醒者犯罪案件中遇到的人，特別是像唯健這一類的年輕男子，聽到衝擊的消息往往會有激烈反應。

「白唯健嚮導。」

鄭昌赫少校再次叫他，與方才同樣的稱呼，只是語氣柔和了一些，像是在安撫鬧脾氣的孩子，而唯健混亂的眼神依舊看著下方。

「你跟白熙城哨兵是十三年前皇安大橋慘案的唯二倖存者，對嗎？」

唯健的肩膀瞬間顫抖了一下。面無表情的鄭昌赫少校察覺到這個細微動作，找到切入點了。

「造成多人死亡，卻連一點線索都找不到的慘案，在當時成為了很大的話題，或許是當時的創傷造成的幻覺？所以會看到別人看不到的怪物，也會因為那個怪物而發瘋。」

「……」

「這也是有可能的，我理解。這個讓你們不安的世界，會讓你們產生厭惡之心，進而想要報仇。」

聽到這裡，唯健靜靜地低下頭，肩膀不停顫抖。

鄭昌赫少校看著他，會是氣憤的發怒，還是放聲大哭呢？

突然，唯健抬頭看向鄭昌赫少校。他正在笑，雙眼清澈明亮，尖銳的野狼瞬間變成了溫馴的大型犬。

「原來你們早就設計好了啊。」

但從他嘴裡說出的話，別說溫馴了，反而非常尖銳。

「您來這之前已經寫好劇本了對嗎？少校。」

「……」

「叫我不要虛假陳述，那你們心中的真相是什麼？你們真的有想聽我在說什麼嗎？」

鄭昌赫少校心裡忍不住苦笑。

這跟從其他人口中所聽到的唯健截然不同。認識唯健的人都說他很木訥笨拙，但是個誠實又對照顧哥哥十分執著的人，可能是年紀還小，所以還有些天真，然而這完全……

鄭昌赫少校只留下一句「會依據調查結果決定處分」後，就轉身離去，病房門開啟的那一瞬間，是黑紅色制服的人守在外面。

唯健明白了。

這裡是病房，但也不是病房。這是嫌疑犯，不，這是等待犯人病體恢復的臨時監獄。

＊＊＊

唯健很快就跟熙城分開，個別隔離在不同的病房。名義上是熙城的病況危急，但真正的理由在於唯健的身分可能會從相關證人轉為嫌疑犯，甚至是可能性極高的共犯，所以不能讓唯健與熙城共處一室，難保他們會有串供的可能性。

隨著時間流逝，情況更加惡化。即便如此，也不能完全忽略唯健的證詞，但為了找尋「未知的變異種」而派出的Esper，在現場卻一無所獲。

對他們來說，與其在無法證實的假設上糾結，還不如直接將熙城與唯健視為共犯來結案，簡單明瞭。

畢竟幼時遭遇重大變故失去父母，又在旁人的欺凌中成長的兄弟，難免會心生怨恨，所以利用哨兵的暴走進行自殺式恐怖攻擊，這是多麼有理有據的解釋，也有很多證詞可以在記者會中使用。

依舊昏迷，僅能依靠呼吸器延續生命的熙城，手腳被套上拘束具，理由是怕他會暴走。雖然是陷入昏迷的F級，但仍是覺醒者，不能放鬆警惕。

唯健也一樣，一隻手被銬上帶有鐵鍊的手銬，限制他的生活範圍。手銬的鍊子長度讓他可以在病房、洗手間內走動，但不能出門。就算想走出病房，也會遇上守在門口的Esper。

沒有開燈的病房內一片黑暗，無法區分白天跟黑夜。唯健垂著戴著手銬的手，在床上蜷縮起來，將頭埋在膝中，長長的鍊子發出「嘩啦」的聲響。

唯健就這樣陷入沉思中，想著自己與熙城會如何？熙城能不能再次甦醒？甦醒的話，能不能像一般人那樣生活？

作夢也沒想到，在破舊的城郊餬口度日的兩兄弟居然會遇上這種變故，完全不知道該如何擺脫被誣陷的罪名。接著，他不知不覺睡著了。在淺眠中，於現實般的惡夢以及惡夢般的現實裡徘徊。

從睡夢中醒來的唯健，第一眼看見的，是一個男子坐在病房一角的椅子上，在黑暗中注視著自己。

雞皮疙瘩瞬間沿著背脊冒出，他全身僵硬，無法發出任何聲音。

這人是什麼時候來的？為什麼我完全不知道？還有最根本的問題，病房外明明有二十四小時輪流看守的Esper，他究竟是怎麼進來的？

「有睡好嗎？」

翹著二郎腿，撐著下巴看著唯健的伸齊微微一笑。接著他輕聲地喃喃自語。

「好神奇啊，當你在我身下流著血掙扎時，我想安慰你……但看你睡得如此安穩，我又想毀掉你。」

在朦朧的黑暗中，可以看見他的身形。與在廢棄工廠所見到的他完全不同。他梳著整齊的頭髮，身上的西裝筆挺，一隻手上掛著大衣。穿著平整淺灰色襯衫的前臂上，戴著一條緊束的黑色袖環。

白皙皮膚曾染上的瘀傷都消失了，現在一點痕跡也沒有。

腦海中閃過了連骨頭都彷彿要被他吞噬殆盡般，暴力的疏導記憶。唯健內心燃燒著火，隨即又冷卻下來。想要追問他的事情很多，但問出口的只有一句。

「你是誰？」

「這麼快就忘了嗎？我們當時不是都很享受嗎？」

唯健板著一張臉沉默不語，一臉「這傢伙為什麼要這樣」的表情。

「我忘不了我們在那別緻的地方熱情翻滾過，所以才跑來這裡找你。」

「請回答我的問題。」

為了緩解氣氛而丟出的玩笑，沒想到卻讓唯健的態度更加尖銳。

真是可愛，伸齊忍住笑意。

「你是怎麼進來的？」

「什麼怎麼進來？用自己的腳走進來啊。」

「外面的Esper呢？」

「沒有人啊。」

「怎麼可能，門外二十四小時都有人守著。」

「是嗎？Esper的執勤態度還真差……」

伸齊眼睛都不眨一下地繼續裝傻，若讓知道真相的人看見的話，應該會氣得發抖。

「喜歡這份禮物嗎？」

他用下巴示意。

唯健抬頭，發現枕邊放著一大束鮮花，五顏六色的花朵在黑暗中綻放。不是花籃也不是花瓶，而是花束。作為探病的禮物有點過於曖昧。

腦中自然浮現出眼前的男人穿過重重警戒，悄無聲息地進到病房，俯身在熟睡的唯健床邊，放上花束的情景。如果他決定殺他，唯健大概都不知道自己死了。真是令人毛骨悚然。

「因為不知道你喜歡什麼花，所以每一種都買了一點。」

「……」

「還是你不喜歡花？」

「我在問你是誰。」

「你知道你從剛剛開始就很冷淡嗎？」

伸齊嘆了一口氣，似乎要拿出什麼東西。唯健嚇了一跳，以為會是武器，但轉念一想，S級沒有隨身攜帶刀槍的理由。

他從方形的盒子中拿出名片遞給唯健。這個相當正常的行為，反而顯得奇怪，像殺人前拿出身分證自我介紹的殺人魔。唯健稀里糊塗地收下名片，在窗外月光的照射下，隱約看到名片上的文字。

「幻境塔。」

唯健面無表情地呢喃著。伸齊靜靜地看著他，沒有指望他會知道這個名字的含義。

「禹伸齊……團長。」

「白唯健嚮導。」

只是念出名片上的名字，沒想到伸齊也跟著叫了唯健的名字。雖然自己的名字至今被呼喚過無數次，但聽到當他用輕柔的聲音呼喚的那一刻，卻對自己的名字感到陌生。

他是怎麼知道自己名字的已經不重要了。畢竟一個能隻身闖入位於覺醒者專屬醫院的深處，還到處都有Esper守衛的病房的人，知道名字只是小事。

「我說過，我們很快會再見的。」

「……」

「上次那個男人還活著嗎？命還真硬。」

唯健咬著下唇瞪著他，下定決心不要被對方動搖。他優雅地端坐著微笑，但那人美麗的外表下，藏著一顆殘酷且凶惡的心。如果惹他不悅，應該會毫不留情地敲碎自己的頭，就像他每踏出一步就能壓碎變異種的屍體一樣。

「……你想要什麼？」

不管怎麼都想不明白這個男人為何會對自己感興趣。將世界踩在腳下的S級覺醒者，手一揮就能獲得全世界，這樣的人到底會缺少什麼，只好單刀直入地問了。

「我沒有遇過跟我匹配率超過百分之二的嚮導，這樣說你應該聽得懂吧？」

伸齊沒有直接回答問題，反而說了一段莫名其妙的話。

「為了達成百分之百的疏導效率，至少要跟同一個人連續做五十次，或是找五十個人排隊跟我做。」

「……」

「低階覺醒者會因為找不到嚮導而發瘋，高階覺醒者也會因為這樣而瘋掉。」

第一次聽到這種事情。

身為毫無機會遇到高階覺醒者的F級哨兵的嚮導，只能憑著貧乏的想像，羨慕他們錢多到可以過上奢侈的生活，需要疏導時，隨時都可以買到好的嚮導。

「一開始也有人會覺得很好，用疏導作為藉口跟許多人瘋狂地做，但這些人馬上就會明白那是永無止境的痛苦。我們一生都在渴望中掙扎，拚命填滿那無盡的深淵，最終只能在掙扎中死去。」

醒悟後的反應有很多種，有些人放棄接受疏導，謙順地等待死亡；有些人不接受疏導苦撐著；有些人會虐待嚮導，用以宣洩滿腔怒火。

「你怎麼想的呢？白唯健嚮導。我可以脫離這個痛苦地獄嗎？」

語畢，伸齊面無表情地望向唯健，對於這個習慣性露出微笑的男人，此時的神情相當罕見。

唯健想起在廢墟巷弄中的伸齊，那混雜著瘋狂與盲目渴望的雙眸，在黑暗中閃爍陰冷的光芒，那雙眼睛也是為了填滿那無盡的深淵，而拚命掙扎的痕跡嗎？

兩人在黑暗中對視，危險的寂靜蔓延。伸齊再次帶著若有似無的微笑說。

「所以，結論是你第一次打破了那百分之二的界線，讓我不需要不停地把陰莖插進洞口裡，只需要互相吸吮嘴唇跟舌頭就好。」

他用吟誦情詩的嗓音，毫不在意地說出赤裸裸的詞彙。

「不知道該說恭喜還是感謝，嗯……總之就是兩者都有。」

「這是什麼意思……」

「不懂嗎？好吧，應該是不懂。你到現在連自己的能力都不清楚，一直都握著F級寄生蟲的手求生存。」

「……」

「白唯健嚮導，我需要你。」

「你現在……是要我當你的嚮導？」

伸齊歪了下頭，一副理所當然的神情，隨即笑著點頭。

唯健的疏導與他無比契合，就算沒有測試匹配率也能知道，那沿著全身神經和血管流失氣息的感覺，不是能輕易體會到的。關於這部分，不是不能理解。

但無法理解的是，就算真的是數百萬或數億分之一的契合對象，為什麼自己就一定要成為他的嚮導呢？

唯健有熙城，除了熙城以外，他從來沒有想過要找其他的搭檔。從哥哥第一次發作開始，自己就已經下定決心，到死為止，都只為哥哥疏導。牆壁那端的熙城仍沒有洗刷冤屈，還徘徊在死亡邊緣，要唯健丟下哥哥去其他哨兵的身邊？給再多錢他都不要。

「不要，滾開。」

毫不猶豫地拒絕，伸齊緊抿著唇凝視他。

「你以為我會接受這荒唐的提議嗎？我看起來是如此愚蠢的人嗎？因為這樣就心甘情願到你麾下工作？」

唯健越說越生氣，就算真如他所說，自己一直以來都過著幫寄生蟲疏導的卑微生活，他就認為他隨口提出一句提議，我就會趴下服從嗎？他覺得我會像被王選為侍從的平民一樣感到受寵若驚嗎？

「真的……是個討打的性格。」

伸齊打破沉默，嘆息一般地笑了。唯健以為他在取笑自己，所以提高了音量。

「我說我不……」

「不，唯健啊。」

伸齊打斷唯健的話，語氣驟變。聲音依舊柔和，卻帶著壓迫感。

「我什麼時候給你選擇的權利了？」

他移開交疊的雙腿，直起身子，放鬆地靠在椅背上，笑著看向唯健。

「照我說的去做，如果你想救下隔壁病房躺著的那個男人。」

「你……」

唯健呼吸急促，緊握的雙手中冒著冷汗。

「你可以救我哥？怎麼救？」

白熙城從一開始就被當成犯人，他接受的醫療照顧只是在苟延殘喘而已，因為不能刻意殺死病患，但如果就這樣死了，也沒辦法。

從覺醒者管理中心的立場看來，熙城是一個重大犯罪者，死了也不足惜，反而還隱隱希望他就這樣在昏迷中死亡。如果他醒來後，再次暴走或主張自己的清白，只會變得麻煩。

覺醒者的手術比一般人的昂貴，除了有目前醫學無法解決的神奇症狀外，有時根據情況，還需要動員醫院專屬的嚮導或醫療Esper。

再這樣下去，熙城會像一根燃盡的蠟燭一樣嚥下最後一口氣，但唯健一點辦法也沒有，只能看著哥哥走向死亡，只有滿滿的無力感，可是如果能救活他呢？

「只是救活嗎？我可以讓那些隨意編寫劇本的Esper閉嘴，不論是醫療費還是什麼都可以隨便花，救一個重病患者跟收留一個少年家長，不會影響我的資產。」

伸齊微微歪了歪頭。

「親愛的，怎麼樣？這樣的聘金應該足夠吧？」

他自己說完，就好像聽到一個有趣的笑話般，放聲大笑起來。但唯健僵硬的臉依舊沒有緩和的跡象。

反正知道對方拒絕不了。伸齊從座位上站起身，緩緩走向病床，像猛獸接近覬覦已久的獵物，時刻盯著唯健不放，戴著黑色手套的手托起唯健戴著手銬的手。

「你想要做什麼？」

唯健反射性地瑟縮了一下，但沒有抵抗，他知道抵抗沒有意義，只是還沒放下警戒，雙眼依舊殺氣騰騰地瞪著他。看著唯健的手，伸齊惋惜地嘆了一口氣，一切都很美好，就是這副難看的手銬相當礙眼，中心那些傢伙真的一點美感都沒有。

「一直很苦惱戒指該選哪一個……來了之後才發現已經戴上手鍊了。」

他將唯健的手背朝上，並將自己的手背放在下方，從下往上讓兩人雙手的十指緊扣。緊握的手被舉起，從下方傳來手銬的鐵鍊拖動的聲音。他將雙唇輕輕印在唯健削瘦的手背上。

「從現在起，除了我之外，不要讓其他傢伙為你戴上鎖鏈。我會為你繫上任何人都無法解開的枷鎖。」

「條件是什麼？」

唯健在伸齊撫摸自己時一直很緊張，甚至在他親吻手背時微微皺眉，但也只能放任伸齊抓著自己的手，瞪著他的眼睛追問本意。

伸齊噗哧地笑了。這麼直接的態度還是第一次見，實在是太有趣了。有預料到可能會受到驚嚇地顫抖，不知道是在性方面沒有經驗，所以很遲鈍，還是因為太老練，居然對親吻手背沒有反應。不過從上次的接吻的情況看來，應該是前者才對。

能夠理解他至今與那位「親愛的哥哥」就像在辦家家酒一樣辛苦度日，畢竟是位要照顧哥哥的少年家長，一定沒有時間和機會跟其他人廝混。

「如果只是單純要找尋適合的嚮導，不需要提供如此豐厚的代價，你的條件是什麼，說清楚。」

「從剛剛開始就那麼專心地思考，結果絞盡腦汁想到的問題就只是這個？」

伸齊又恢復有禮的態度，但反而更充滿侮辱感，這只是表面工夫而已，他從來沒有把對方當作是平等的存在。

「真聰明，好棒。」

又是一副對小孩說話的態度。唯健進一步低聲喝道。

「條件！」

「你必須成為幻境塔的嚮導，服從我所有的命令，必須忍受任何事。還有……要跟著我一起進入傳送門。」

第一個跟第二個條件並不讓人意外。雖然不能說沒有，但最高階覺醒者會尊重、平等對待嚮導的情況很少見，不少人完全不把嚮導當成一個人。這也是嚮導一方面想與高階覺醒者成為伴侶，坐擁財富與名聲，但另一方面又害怕的原因，因為只要選錯伴侶，就會毀了一生。

問題是在於第三個條件，帶嚮導到傳送門內？簡直是瘋了吧。但話到嘴邊又吞了回去。嚮導原本就不屬於戰鬥人員，別說是進到傳送門內，就連靠近都不會。原則上會常駐在中心，等待負責的哨兵結束戰鬥回來，就算現場有需要緊急疏導，或是要遠征時，也都是待在車內或基地待命。

進到傳送門那端，連老練的哨兵都可能會死掉，屍體能運出都算好的了，更多時候連收屍都沒辦法。竟然要帶嚮導進去那種可怕的地方？這跟把軍醫丟到轟炸中心沒有差別，簡直是把嚮導當成一次性疏導來使用吧。

但事到如今能拒絕嗎？沒有其他辦法了，就算是把我的性命當成衛生紙一樣丟棄，又能怎麼辦……

「所以，你的回答是？」

「……」

許多慘澹的想法閃過腦海，完全無法呼吸。唯健沒有說話，只是緊閉雙眼，下脣不停地顫抖。僅憑這一點，就足以作為答案了。伸齊的笑容更深了。

唯健閉上雙眼後看見了幻覺。在黑暗的大海中，載浮載沉的水泥碎片飄過來，附著在他的腳踝上。

水泥碎片聚集成團，變成沉重的塊狀物牢固地纏在腳踝上，他痛苦吐出的最後一口氣化成泡沫浮上水面，相反的，他被漸漸拉往更深的下方，下沉到再也無法浮出水面的深處。

這一刻，他連呼救都沒辦法，只能溺死在深海裡。腥鹹的海水取代空氣充盈肺部，才意識到纏著自己的不是水泥碎片，而是男人的手。

那是誰的手？是伸齊的，還是熙城的？或許自己在找出答案之前，就已經變成死屍，沉入茫茫大海。

只是他連選擇死法的權利都沒有。

因為伸齊已經做出決定。

＊＊＊

速報：「幻境塔」團長禹伸齊（S），善蘭洞工業區事件緊急記者會。

無線電視臺下方同時跳出緊急新聞速報，各大網站也是，新聞頁面正上方跳出新的頭條。直播畫面中的記者會場，空無一人的講臺座席上，閃光燈不斷閃爍著。不久後，一位西裝筆挺的男人走了進來，快門聲此起彼落。

被四面八方的閃光燈包圍，男子顯得十分游刃有餘。他挺直站立，擺出最上鏡的姿勢，還微微調整角度，讓各個方向的記者都能拍到最佳角度。與其說他是哨兵，還不如說他是經驗豐富的模特兒，俐落得體的穿著也為他增色不少。

伸齊略微點頭示意後，緩緩走向講臺，禮節性的問候與簡單開場白一結束，記者就接連不斷地提出問題。

「多數人認為本次事件是參與攻略的F級哨兵暴走造成的，甚至還提出這位哨兵是否故意暴走的質疑，關於這個說法，您怎麼看？」

「我先說結論，這不是事實。」

「請問有根據嗎？」

「因為當時我就在那裡，我親眼看到的。」

「您親自前往善蘭洞工業區嗎？」

「是的。」

「但是根據幻境塔發表的日程，並沒有這項計畫。」

「跟幻境塔無關，這是我個人的行動。」

這一發言將成為這次案件搜查的巨大轉捩點，全國不到十位的S級，同時是哨兵集團的首席，居然親臨城郊現場。不常在媒體上曝光的幻境塔，毫無預警地說要召開記者會，原來是為了發表如此爆炸性的言論。

伸齊一口氣說完想說的話之後，就沒有再開口。數百臺攝影機與閃光燈不停閃爍，他沒有迴避地直視鏡頭，閃光燈撩亂的光芒不斷照耀他白皙的臉龐。

「那麼現場究竟發生了什麼事情，您看到起因了嗎？」

「明明是小型傳送門，但參與戰鬥的人員幾乎都死亡了，您怎麼想？」

「禹伸齊哨兵，以您的能力應該能減少傷亡不是嗎？」

S級不僅是人們敬畏的對象，也是滿足大眾好奇心的獵物，他們的一言一行都能產出數十條新聞，各大網路媒體、論壇、串流平臺也會為了流量，咬著他們的消息不放，期待能挖出更多的內容。

這個提問意圖相當明顯，F級哨兵不斷死去，而S級哨兵卻無法阻攔？是假借提問的名義在究責。

「禹伸齊哨兵，請您回答。」

「先回答我的提問！」

沒有停歇的閃光燈、刺耳的快門聲，還有不停舉手想要發問的記者們。若是意志力薄弱的人，肯定會陷入恐慌，但伸齊十指相扣的手依舊放在講臺上，靜靜注視著他們，似乎經歷過無數次這種場面。

「由於我身體狀態不佳，因此比預想中更晚到達現場。各位應該都清楚，幻境塔一組近幾個月一直沒有專屬嚮導。當我到達時，已經無能為力了。」

瘋狂打字的記者們互相看了一眼，浮現了然的神情。

高階覺醒者要找到適合的嚮導本來就比登天還難，尤其幻境塔長期缺乏嚮導更是眾所皆知。此外，他們的營運方針也與團長兼門面的禹伸齊形象截然不同，極具攻擊性。

幻境塔的哨兵為了消化緊湊的行程，不得不服用強效毒品，說他們血管裡流的不是血液而是毒品也不為過，其他哨兵在他們面前只能看著他們的臉色戰戰兢兢地行事，但在背後都說他們是「靠毒品戰鬥的傢伙」，甚至稱他們為「吸毒瘋子」。

然而就算有這一致命缺點，幻境塔依舊穩居哨兵心中第一嚮往的集團，除了其中有兩名S級哨兵外，還有另一個原因。

部分的哨兵集團早已失去創立初期的宗旨，接受財團或政界的贊助，忙於金錢遊戲，經營團隊也會因為股份或獲利等問題產生摩擦，甚至造成內部分裂。不同的是，幻境塔沒有權力鬥爭，只是單純地追求更強大的能力，他們完全不辜負「覺醒者」這一身分最根本的宿命，不斷挑戰更強的變異種、更大的傳送門。

但近來一直傳出哨兵們與相關從業人員不合的傳聞，說幻境塔一組找不到適合的嚮導只是表面原因，事實上是因為嚮導們都被虐待到瀕死，或死了之後被丟出去。

不過，無論記者們怎麼想，沒有人敢在伸齊面前提出這個問題，各個都緊盯著臺上的人，等待他下一句話。

「那邊確實是個小型傳送門，但卻出現了連我都沒預料到的強力變異種，那位哨兵拚上性命想對付牠，但可惜能力不夠，才出現暴走的症狀。」

陷入謎團的案件始末就這樣從伸齊口中道出，即使有人質疑這句話的真偽，也沒人敢繼續追問「你的話真的能信嗎？」。在這個時代，高階覺醒者的每一句話都比任何證據更有力量。

監視器畫面？照片？記憶體儲存的數據？這種東西只要有偽造電波的能力者就能隨心所欲地操作，如果出現擁有磁場的變異種，也會經常損壞。

「我可以確定他不是故意暴走，如果你也在現場，目擊到真相的話，就絕對不會說出這種話。」

伸齊愁容滿面地低下視線，長長的淺色睫毛下垂。這不僅讓臺下的記者噤聲，就連透過電視觀看記者會直播的觀眾也屏住呼吸。

「我雖然迅速處理了剩餘的變異種，但已經有許多哨兵犧牲，如果我能早一點到現場，就算無法救下所有人，至少能多救活一個。」

纖長優雅的手戴著黑色皮手套，輕輕抓放在臺上的桌上型麥克風，想繼續說些什麼，卻又再次閉上嘴。

「……」

他似乎無法繼續說下去，略微轉過頭，猶如在水邊綻放的百合，清澈的眼睛泛著淡淡的紅，任誰看到都無法對他繼續追究下去。

伸齊巧妙地掌控著力度，雖然眼角噙著淚水，卻沒有滑落或是痛哭失聲，鄭重地表達遺憾，卻也不失權威。不久後，他清了清喉嚨，再次看向前方。他堅毅的神情中隱約流露著一絲悲傷。

「我要向那些為人類而戰卻失去性命的哨兵們獻上最崇高的敬意，作為因他們的犧牲而活下來的其中一員，我會告慰他們在天之靈，一定會為他們討回公道。」

「請問這話是什麼意思？」

「相關地區的災後重建費用，和犧牲者家屬慰撫金將由幻境塔全權負責，希望可以藉此表達些許歉意。還有覺醒者管理中心……」

伸齊對十分刺眼的閃光燈笑著，在場的數百臺攝影機即時轉播他的一舉一動。

終於集齊了所有的牌。

國內戰鬥力評價最高的哨兵集團、數十年來暗中蒐集的情報，以及最後獲得的王牌——白唯健。為了尋找「那傢伙」，已經做好了進入傳送門那端深淵的準備。那個隨時可以一口吞下全人類，卻數十年來只當作樂趣一般恐嚇，那令人厭惡的狂神的脖子，已經準備好斬斷了。

終於可以結束這場令人厭煩的遊戲了。不論是覺醒者管理中心、哨兵、變異種，還是自己。結束這一切，完成復仇，得以安息。現在要公開過去一直隱瞞不說的實情，揭開這場戰爭的序幕。

「不僅是這一次的事件，中心明知傳送門從很久以前開始就經常發生異常，但數十年來卻一直刻意隱瞞，所以，我想藉此機會向他們追究責任。」

伸齊以極為平常的語氣拋下一顆巨型炸彈，讓記者會會場所有人瞬間陷入死寂，但這陣沉默馬上在幾秒內被打破，寬敞的大廳像是捅了蜂窩一樣嘈雜，面對突如其來的大型獨家新聞，記者們爭相發問。

「禹伸齊哨兵！您說是故意隱瞞？」

「請您再進一步說明！」

「您是說這個情況以前也發生過嗎？」

「覺醒者管理中心跟這次事件有什麼關係嗎？」

「異常現象是指傳送門處有異常強悍的變異種出沒嗎？」

「剛剛您說的，是什麼意思？」

伸齊從容地環顧臺下騷動的人群，臉上噙著一抹微笑，所有人都瘋狂失控時，唯獨他依舊冷靜。

一位記者膽怯地舉手，她的表情像是靈光一閃，似乎想起了什麼。伸齊笑了笑，指向那位記者。記者看起來相當訝異在這種混亂的場面下能夠獲得發言權，臉上露出燦爛的笑。

「啊，我是《真實議題》的夏允兒。」

「是的，夏記者請說。」

「那十三年前的皇安大橋事件，也與禹伸齊哨兵說的異常現象有關嗎……」

對上記者的視線，伸齊就像是稱讚聽話的孩子般露出笑眼。

那一瞬間，記者的直覺明白了一件事情，臺上那個男人是刻意地選擇會提出這個問題的人，而這個人就是自己。

「關於這個問題，覺醒者管理中心應該最清楚，我想這要請他們回應才對，畢竟我從很久以前就已經不隸屬於中心了。」

話說得模棱兩可，但就是肯定了這個提問。

＊＊＊

記者會結束後，唯健隨即被釋放。

Esper解開他手上的手銬，沒有任何調查或面談就讓他出院。受重傷的是熙城，唯健其實沒有住院的必要，留下他只是為了案件調查所需而已，要送他走並不難。只是如果能這麼輕易地放人，為什麼要把他當作犯人一樣拘留呢？

其實會這樣做是有原因的，他們已經沒有人力能顧及唯健。伸齊在記者會上丟出的爆炸性言論，讓中心因此掀起一陣騷亂，網站留言板與電話應接不暇，為了召開記者會澄清，還緊急成立專案小組。

中階以下的Esper完全不知道有異常現象，所以認定伸齊說的不是真的，是刻意要詆毀覺醒者管理中心的聲譽。

但少數高階官員就不同了，這些擁有閃亮頭銜與徽章的所謂「明星」，個個都眉頭深鎖地經過走道，也召開了多次極機密的緊急會議。

完全不知道這場紛亂的唯健獨自一人回到家，與離開時不同，回來的只有他一人。

將鑰匙插入並轉動，開啟那扇每次開關都會掉下粉塵的老舊大門。家中的景象跟出門前的差異不大，狹小的家中，稀少的家具依舊整齊。

唯健不是個注重整潔的人，雖然每次都會仔細將身上變異種的血液和體液清洗乾淨，但完全不關心周遭的整潔，即使牆上有黴菌，桌上有灰塵也無所謂。有一次，唯健毫不在意地想吃過期的食物，結果被嚇了一跳的熙城阻止了，他就算將天空當作棉被，大地當作枕頭也能安穩入睡。所以這些整理的工作都是熙城在做，更明確地說，是唯健在熙城的監督下完成。

——『唯健，白唯健！那邊為什麼不掃？你看這裡，還是有灰塵啊！這麼髒怎麼住人啦！』

哥哥的嘮叨聲在耳邊響起，雖然唯健完全分辨不出有灰塵跟沒有灰塵的地方有什麼不同，但只要哥哥說髒的地方，就會默默拿起抹布再次擦拭。

唯健環視家中的一切，那天熙城賴床的被褥，洗碗槽裡的兩個咖啡杯還留有乾涸的咖啡痕，家中每一處都留有哥哥與自己生活的痕跡，可現在只有自己一個人。

熙城經常指責唯健很遲鈍又不會看臉色，但也會稱讚他泡的咖啡，雖然那也不是多好的咖啡，只是便宜的三合一咖啡，偶爾才會在拿到獎金時，去買稍微貴一點的即溶黑咖啡。

他沒有脫下外套就走向廚房，從櫥櫃拿出一個缺了杯耳的馬克杯，將水倒入老舊的電熱水壺，唯健靠在冰冷的牆邊等待水煮開。

現在已經記不清父母的樣貌了。小時候父母說咖啡不好，不讓孩子們喝。第一次喝咖啡是踏入哨兵行業之後，還沒有就讀國中的小孩，跟著哨兵前輩學習工作時，某位哨兵泡給自己喝的，不知道是覺得自己很可憐，還是覺得了不起。

寒冷的冬夜，潮溼的巷弄瀰漫著變異種的血液與分泌物的味道，年幼的唯健雙手發抖地端著一杯咖啡暖手，熱騰騰的咖啡冒著熱氣，在夜空中繚繞。那一刻的情景似乎深深刻在心中，後來不論是菸還是酒，都比不上咖啡的味道。

水滾了，他熟練地拆開三合一咖啡的包裝，將咖啡粉倒入杯中。現在即使閉上眼也可以泡好咖啡。甜蜜苦澀的廉價咖啡香味瞬間瀰漫在窄小的室內。唯健靠在牆邊，啜飲著咖啡，迷茫地看著窗外。

鮮豔的紅色透過灰濛濛的玻璃窗，順著地板蔓延，映照到他臉上，那是對面教會十字架的燈光，整天閃個不停的霓虹燈，經常讓敏感的熙城徹夜難眠。

「我們在天上的父……」

將臉靠在冰冷牆壁上，突然想到，他曾經無意中聽過有位哨兵在戰鬥前這樣吟唱過。但唯健不懂，怎麼會相信沒有形體、無法確認是否存在的神，還不如相信自己手上的武器。當時只是想著，原來真的有那種人存在啊，隨即就拋之腦後。

不過，在被逼到極限後，模糊地理解了他的心情。如今的唯健想要抓住救命稻草。雖然不知道那個叫上帝的人是否會傾聽我這種沒有信仰的傢伙的禱告，但反正也不會更慘了。

「……」

唯健只說出了半句，他不知道下一句是什麼，沒有完成義務教育的他不可能背誦過祈禱文。

嘴唇空虛地翕動著，依舊沒有發出任何聲音，胸口彷彿被堵住般鬱悶。在最絕望的情況下連祈禱都不會，只能這樣無知、粗鄙且卑賤地活著，對這樣的自己感到厭惡。

拿著空馬克杯的手無力地垂下，他喃喃自語地說著腦中唯一一句話。

「……請從邪惡中拯救我們。」

原本漆黑的玻璃泛起微弱的藍光。夜晚終於消逝，全新的早晨降臨，唯健轉身，該出發了。

＊＊＊

破舊的街道上停著一臺與周圍格格不入的高檔車。那是一輛線條流暢，漆著全黑啞光塗料的跑車，入夜後應該難以辨識。

駕駛座的門向上打開，一位身著黑色襯衫與深灰色西裝褲的陌生男子下了車。他的襯衫袖子捲到手肘下方，露出結實的手臂，黑褐色的頭髮整齊地向後梳。

如果說伸齊是名牌西裝模特的話，眼前這位男人就是剛剛還在市區大樓忙碌的上班族。

雖然以普通的上班族來說，這樣的體魄健壯到讓人感到威脅。

這名男子跟伸齊一樣都很高，應該超過一百九十公分了吧？雖然唯健經常會被叫小朋友，但也沒人說過他身高矮小，可在他們面前，卻必須抬起頭才能與他們對視。

「白唯健嚮導？」

男人略微皺眉詢問，他的聲音渾厚，彷彿是在深處迴盪的低音。

「是的。」

「我是幻境塔的朱大仁。」

簡單地自我介紹後，大仁看了一眼唯健，略顯寬鬆的連帽T恤、隨意背在肩上的包包、蓋著額頭的瀏海，毫無防備的唯健看起來真的很年輕，若手上拿著大學課本與智慧型手機的話，就是一個平凡的大學生。

令人懷疑是否真的已經成年？知道該如何進行疏導嗎？真的了解自己的處境嗎？所以現在是要把這個小朋友帶去做專屬嚮導？那個人究竟在想什麼？大仁的眉頭皺得更深了，不過他馬上就放棄思考，畢竟他根本不想知道禹伸齊在想什麼，就算知道也不會有任何改變。

「這是全部的行李嗎？」

唯健點點頭。翻遍整個家，能帶出門的物品還裝不滿一個後背包。原有的裝備在上次戰鬥中報廢了，況且現在要去的地方，帶那種有損壞的廉價裝備也沒有用。

所以他只帶了幾套換洗的衣物。原本就沒有什麼物質欲望，也不喜歡累贅，衣服也就三四套而已，跟哥哥拚命堅持活下來的這段歲月，竟然用一個背包就能整理好，讓他在整理行李時感到格外淒涼。

大仁一言不發地轉身打開副駕駛座的門，該說的話已經說完了，就沒有多費脣舌的必要，唯健也是罕言寡語的人，何況對方是受到伸齊的指示來接自己的幻境塔哨兵，更不可能會想攀談。他不是善於社交的人，也沒有那種心情。

初次見面的兩個男人之間籠罩著沉重的靜默。

大仁伸出手，應該是要幫忙拿背包。唯健對於有人關照自己，為自己提行李這種事情感到非常陌生和彆扭，他遲疑了一會兒，才將背包遞出去，兩人的手一瞬間輕微碰觸了一下。

「……」

就在那一瞬，大仁皺起眉頭猛地甩開手，像碰到什麼髒東西一樣，「啪」的發出巨響，背包掉在地上。

「……啊。」

被打到手背的唯健反應慢了一拍，那聲音不知道是驚呼還是嘆息。大仁嘆了一口氣，從褲子口袋拿出一雙手套，很像伸齊戴的同款黑色皮手套，如同手術室的主刀醫生準備手術一般，慎重又俐落地戴上，接著彎下腰撿起掉落的背包。

被那又大又結實的手用力打過，唯健的手背很快地泛紅，巧合的是，那裡正好是伸齊之前親吻過的地方。唯健面無表情地默默坐進副駕駛座，既沒有抗議突然的暴力，也沒有對疼痛哀號。

在接受伸齊的要求時，唯健就已經有所覺悟，不，這樣的待遇其實還好。在他之前工作的低階哨兵集團中，只要不滿意就會被拳打腳踢，隨時被叫出去通宵接受體罰，甚至在眾人面前被打到嘴角開裂。相較之下，只是手背被打到而已，根本不算什麼。

「請你注意，我以後也會小心的。」

大仁瞥了一眼唯健，低聲警告。他的語氣很冷淡。就算是念國文課本上的文句，也比他這句話更有活力。

「我不喜歡嚮導隨意碰我。」

他一說完就發動引擎。沒有道歉，也沒有關心。跑車發出野獸般的低沉嘶吼，載著兩人離開熟悉的小巷，駛向大馬路。

一路上大仁都沒有看向唯健，也沒有說話，像是刻意忽視唯健的存在。唯健咬著下唇，將視線轉往車窗外。生平第一次搭上這種以前連想都不敢想的高級進口車，但一點也不舒服，像有人掐著自己的脖子，喘不過氣來。眼前閃過如同幻覺般的畫面，一片冰冷幽暗的深海，充滿壓迫感。

沉默之中，不知道過了多久，車子到達目的地。這裡曾經是市中心地標的五星級飯店，但因變異種大規模的攻擊而被迫關閉，後來被買下作為幻境塔的總部。

「您好，副團長。」

車在正門前停好，一下車就看到在一旁等候的職員。大仁很自然地將車鑰匙交給他。

建築物的內部也跟外觀一樣富麗堂皇，抬頭才能看見高聳的天花板中央掛著的耀眼吊燈，大廳隱約傳來完全不符合哨兵集團形象的古典音樂，還有雕像與裝飾用的噴泉。這棟建築物連廁所都比自己與哥哥住的房間還大，應該不只是大而已，連價格都不同凡響吧。

牆壁與地板都是大理石，帶有光澤的墨色，讓唯健想到伸齊。也是，這棟建築物本身就跟那男人的風格很相似，華麗而不雜亂，沉穩而不平淡。

大仁帶著唯健穿過大廳，偶爾會有人認出他並打招呼，但只是路過的人也不少，跟那些守在病房外、一動也不動的Esper相比，這裡的氣氛相對自由。

他們搭上大廳的電梯，本以為這樣就能到達，沒想到還要在中途改搭高層專用電梯，大仁拿著感應卡，按下樓層後，電梯開始緩緩移動，隨著樓層數字往上加，電梯上升的速度就越快。

「這是要去哪裡？」

一直默默跟著的唯健第一次開口詢問，就算是被人拖走的，也想知道自己要被帶往何處。

「去團長辦公室。」

「禹伸齊哨兵？」

大仁一副明知故問的神情，微微皺眉，似乎不想再跟唯健多說一個字，可唯健也不是會聽話順從的性格，不管對方想不想跟自己說話，依舊再次開口。

「不是因為他很忙，所以才派你來？為什麼非得去呢？」

「剛剛很忙，現在不忙了吧，一早中心就在那邊煩人。」

「中心？是跟這次事件有關係嗎？那個變異種到底是什麼？我哥怎麼樣了……」

「我不知道嚮導為什麼要問這些，是覺得我需要一一跟你說明嗎？」

大仁打斷唯健的問話，緊抿的嘴角閃過一絲輕蔑。

「而且就算我說了，你也不見得聽得懂。」

唯健冷冷地回應。

「聽不聽得懂是我的事。」

兩個男人之間的氣氛相當冰冷，一直都只看著前方的大仁，這時卻略微轉向唯健，因為身高的差異，一道陰影在唯健身上籠罩。

「白唯健嚮導，請安分地過日子吧，不用關心不相關的事，好好做你該做的事，反正你很快就會……」

大仁似乎還想說些什麼，但電梯在這時響起到達的提示聲，頂樓到了。他嘆了口氣，轉頭走出電梯。

寬敞的走道有一扇大門，這裡是這棟建築以前還是飯店時的總統套房。

伸齊看起來像是會出席各種熱鬧且華麗場合的人，但他其實更喜歡待在房內安靜地度過時間。沒有行程時，就會在這裡待上好幾天不出門。不僅每餐都叫到房內用餐，連業務報告跟開會都在房內進行，反正這裡有接待室與書房，這樣做也無妨。

大仁按下電鈴後略微等待了一會兒，就毫不猶豫地開門走進去，因為伸齊不是會走過來開門的性格。

最先映入眼簾的是整面牆的落地窗，拉開窗簾就能一覽都市風景，這一刻真實感受到這裡是高得令人暈眩的大樓頂層。伸齊靠在比唯健的床更寬大的沙發上工作，低頭看著電腦，察覺到有人來了，才放下電腦轉過身，將手隨意地放在沙發扶手上。

沒有繫領帶，解開第一顆襯衫鈕扣的隨意裝扮，跟滿身血汙在廢墟中狼狽的模樣，以及在病房中那完美到近乎不現實的樣貌截然不同。可能是上次疏導的效果逐漸退去，他的臉色不太好，但也比第一次見面好上許多。

「你好啊，我的嚮導。」

大仁沒有說話，只是靜靜看著他，伸齊若無其事地點了點頭。

「還是該說『我們』的嚮導？」

「你開心就好。」

「來的路上沒發生什麼事吧？」

「沒有。」

「還說沒有。」

伸齊托著下巴，視線略為朝下，看著唯健裸露在衣袖外的手背，依然泛著一道紅痕。

「好好控制你自己，這是我好不容易才找到的。」

「我會注意的。」

兩人若無其事地在當事人面前把人當成物品討論。過了會兒才朝愣愣地站著的唯健說：

「白唯健嚮導，脫吧。」

一如往常的平靜口吻，但說出口的話卻相當駭人。

「把衣服脫掉，以後要被我們盡情享用直到榨乾精力，所以你身上不能有任何瑕疵。」

雖然以前在粗鄙的哨兵之間過生活，什麼樣子的淫穢言語都聽過，像是「又不會怎樣，幫忙一下吧」，也被問過「目前為止用後面的洞幫多少人做過疏導？」。

這種話連淫言穢語都算不上，可是從伸齊口中說出卻充滿了侮辱，跟平日三句不離粗話的那些哨兵相比，這些話從一個宛如畫作般優雅坐在高級沙發上的男人口中說出，更加令人感到衝擊。

「……」

唯健咬著牙緊握拳頭，手背浮現清晰的青筋。

「我們的契約條件是服從我的命令，要好好聽話才對啊。如果你希望你哥可以繼續呼吸的話。」

唯健沒有因為伸齊的無禮感到衝擊或被背叛，畢竟從一開始就沒有期待，當然也不會有失望。這男人從第一次相遇時就是這樣，也不是沒有預料到會發生這種事，只是又感受到自己很淒慘而已。

唯健再次領悟到，對自己來說，這世界除了唯一的家人熙城外，都是敵人和要抗爭的對象。混亂、羞恥和憎惡交織的表情逐漸從臉上消失。他深深地吸了一口氣，交叉著雙臂抓起連帽T恤下沿，迅速脫下衣服。

一下定決心，接下來的動作就順手多了，沒有遲疑地繼續脫下內衣，看著這一景象的伸齊惡劣地吹了聲口哨，大仁則是用力閉緊雙唇，但完全沒有制止伸齊或唯健的意思。

上一次將唯健壓倒在充滿血液與灰塵的柏油路上時就已經知道了，他的身體真令人滿意，不粗糙也不過分瘦弱，恰到好處的體格。可能是被變異種攻擊過，上半身的疤痕也與他的身體很般配。若要符合伸齊的喜好，還需要再長點肉，但現在還算滿意。

真想看看這張像未經磨練的軍犬般的臉上沾滿各種不同液體，滿臉扭曲的模樣。如果用力咬住脖子下的鎖骨，他會有什麼反應呢？若我撕開那帶著皂香的肌膚飲血呢？如果我用粗繩纏在他的手腕上，牽著他到對面的大房間呢？

「繼續脫，重要的是下面，不是嗎？」

伸齊笑著繼續指示他，唯健機械式地解開褲子鈕扣，拉下拉鍊，原本為了集中精神脫衣服而低頭向下看的雙眼突然抬起，望向伸齊。

「……」

沒有表情的臉上只有炯炯有神的雙眼，黑色瞳孔裡沸騰著殺意。看著這個踐踏自己的人，就像堅決不會忘記這一恥辱的野獸一樣。

有點過頭了，快要忍不住了。原本半躺在沙發上的伸齊挺起上半身，手緩緩拿起一根菸叼著點燃，要是再不快點吸點什麼，這感覺就會肆無忌憚地隨意亂竄。

菸霧繚繞中，他的眼睛始終盯著唯健，脫下的褲子「啪嗒」一聲掉落在唯健腳邊。伸齊咬著菸點點頭，就像觀看脫衣舞秀的暴發戶一般傲慢狂妄，無聲地催促繼續下一個動作。

最後的深藍色平角褲也被扔到衣服堆上，身上一絲不掛，裸露的軀體覺得空氣異常冷冽，但若縮起身體或想要遮掩的話，對方一定會發現，所以唯健沒有這樣做。

「外表看起來很乾淨，不過，沒有病吧？」

「有的話，可以退貨嗎？」

「雖然還沒用，但已經開封就不能退貨。沒辦法，只能用了。」

「……」

「我的嚮導真的很會說笑。」

伸齊彎腰顫抖著肩膀笑著，接著突然抬起頭，眼中含著笑意說：

「讓你這樣站著，腳會很痠吧？我居然忘了請你坐下，隨意坐吧。」

先是叫我脫光衣服，現在又叫我坐下？真是可笑的命令。我不想裸著全身坐到那個男人的身旁，也不想像在主人面前的狗一般癱坐在地上。

「不……」

唯健猶豫地退縮了，明明已經下定決心咬牙聽從他們所有命令了，卻不自覺說出抗拒的話語。

「不要？為什麼？」

伸齊睜大了那雙有著長睫毛的眼睛，用令人憎惡的冷靜問著。藥效應該發作了，雙眼有點朦朧。這時一雙戴著黑色手套的大手從後方伸出，緊緊抓住唯健的肩與腰，狠狠地將他往下一壓。

這一切都在瞬間發生，膝蓋不受控制地彎曲，大理石地板「砰」地發出悶響，唯健好不容易穩住身體的平衡，規律的腳步聲逐漸靠近，一抬頭就被抓住下巴。

伸齊一手拿著菸，一手抓著唯健的下巴彎腰，像得到新玩具的孩子一樣，全心全意盯著他。一一細緻描摹唯健因疼痛與尷尬而扭曲的眼神、刻在眼皮上的疤痕，以及緊閉的雙唇。

被包裹在手中的臉顯得小而纖瘦，這樣持續用力的話，應該會捏碎他的下巴。黑髮下圓潤的耳朵露了出來，跟鋒利的神情完全不搭，顯得有些可愛，每每對視時，伸齊都會習慣性地露出笑眼。

「咳……」

唯健拚命扭頭，臉卻一動也不動，越想動下巴就越疼，脖子以下也是，大仁死死地壓住唯健，讓他跪在地上，青筋暴露的手臂禁錮住腰身，帶著皮手套的大手隨意握住唯健，貼上皮膚的冰冷涼意讓他毛骨悚然。

「嘴巴張開。」

伸齊抓著唯健下巴，拇指按壓在嘴唇上，他不主動張嘴，就用力將手指插進去，鑽過緊閉的雙唇，壓住舌頭。唯健嘗到皮革手套的味道。

「白唯健嚮導。」

伸齊溫和地喚了他一聲。

「有人脫過你的衣服嗎？撫摸過身體嗎？有用嘴幫過別的男人嗎？不論是陰莖、手、還是舌頭。」

「……」

怎麼可能有辦法說話，唯健沒有回答，而是惡狠狠地瞪著伸齊，紅潤的眼眶浸滿生理性淚水。

「不用回答，光看你這表情也能知道。那你有自慰過嗎？還是因為每天晚上都跟親愛的哥哥牽手入眠，所以都沒試過嗎？」

每次提到哥哥，都會讓唯健的雙眼失神。怎麼這麼好懂，伸齊忍住大笑的欲望。

為家人獻出一切，不怪自己命苦，不彰顯自己的能力也不怪他人的過錯，過著愚蠢到可憐的人生，確實是個正直的孩子，但也不怎樣。如果唯健沒接受自己提出的好意，大概只能一輩子照顧哥哥，生活在最底層。

伸齊為自己的眼光讚嘆不已，果真選了一個好嚮導，在深淵掙扎著一同毀滅，這種程度更適合了。

「只挨打的話不會有什麼感覺吧？看你很會忍痛，就當是來重考，閉上眼配合我們這些瘋子對吧？」

伸齊的手指攪動著唯健的嘴，又抽了出來。黑色手套的拇指溼了，唯健的嘴角流出透明的液體，伸齊從上方俯視，然後用嘴咬在手套末端剝掉。

「……所以，我不打算玩那些老套的遊戲。」

脫下的手套隨意丟下，露出如同白色大理石的手，與討厭徒手觸碰唯健而戴上手套的大仁形成鮮明對比。

「真想在你身上留下傷痕，唯健啊，你覺得呢？」

「……」

「要強暴你幾次，你才會壞掉呢？」

「嗚啊，咳！」

伸齊的手指再次深入唯健嘴裡，這次是食指與中指，仔細地撫摸整齊的牙齒，還把舌頭夾在兩指之間搓揉玩弄。

「嘴裡的空間好小，嘴巴也好小，一個不小心就會裂開吧。」

唯健留有細細絨毛的臉頰緩緩凸出，從表面也能看到，喉結上下滾動，吞下了舌根處積攢的唾液。

「在這裡……」

捏了捏臉頰內側的肉，接著緊壓軟顎的部位。

「插進我的陰莖，用力抽插又射滿的話，感覺應該不錯。」

突然一陣乾嘔，唯健的肩膀顫抖了一下，充血的眼睛蓄滿淚水，但手指絲毫沒有抽出的打算。

「大仁覺得如何？」

伸齊邊攪弄著唯健的嘴，邊問著。

「連一半都含不了的樣子。」

「不能全部吞下的話，就會流出來，這樣不行嗎？」

「太髒，不喜歡。」

「你也太守舊了。」

「比過度執著好。」

他們在痛苦地喘息著的唯健頭上聊天，唯健伸出手想要推開伸齊，但大仁瞬間抓住唯健的手臂往後拉，來不及發出的呻吟在喉嚨中破碎，唾液順著嘴角與下巴流出。

默默燃燒的菸落下菸灰，大概是突然想起早已忘記的菸，伸齊「啊」了一聲，用指尖彈掉菸灰後，抽出手指，把燒了半根的菸塞進唯健的嘴裡。

唯健不經意含住進入口中的菸，而伸齊則是輕輕撫摸看著自己發愣的唯健的頭。

「好乖，吸吸看。」

「咳……」

唯健急促地停止呼吸。這不像一般香菸嗆人刺鼻，反而有股奇妙的香味，味道異常清香，反而讓人覺得不安。這不是一般香菸，也不是低階哨兵為了忘記痛苦而抽的便宜大麻，雖然不知道這是什麼，但應該不能隨便抽。

唯健想把菸吐出來，但伸齊的動作更快，原本撫摸著頭髮的手，突然抓起頭髮讓他往後仰。

「呃……咳咳！」

頭皮突然像被撕扯一樣疼痛，讓嘴巴不由自主地張開，有牙印的菸蒂也掉落，但已經反射性地吸入一口。

伸齊的菸是為S級覺醒者，而且是在長時間無法接受疏導，又對藥物已經產生抗藥性的情況下準備的。對唯健來說藥效太強，就算只小小吸上一口，也足以讓理智渙散。

藥效發揮得相當快速，從鼻腔到喉嚨，火焰順著氣道蔓延，那如死亡般的寒冷火焰，似乎在腐蝕著呼吸道和肺部。

「咳，呃啊，不、不要！」

唯健瘋狂地掙扎，用力扭動被大仁箝制的雙手，一直跪在地上，身體頻頻顫抖，拚命地想要掙脫。如此拚命的抵抗，讓手腕很快出現紅腫的手印，膝蓋也都是瘀傷。眼前逐漸模糊，感覺天花板如水流般陷落，地板也猛地突起，連在眼前的伸齊都看不清了。

「啊……暈，嗚，啊啊……」

唯健接連冒出不成句的聲音，伸齊用鞋跟踩熄地上明滅著的香菸。

他毫不猶豫地單膝跪在菸灰散落的地板上，抓住唯健的後腦，親吻上他的嘴。原本是刻意不吃，想先玩弄一段時間，再把喜歡的食物一口吞下。伸齊用舌頭撬開唯健與自己交纏著的嘴唇，貪婪地吸吮發熱的黏膜，剛剛用手指插入的嘴裡，內壁早已溼透。

「呃⋯⋯嗚。」

像突然拔掉裝滿水的浴缸底部的栓塞，強勢地將疏導能量猛地抽出，全身的神經像陷入漩渦般混亂，藥效摧毀了所有感覺，唯獨留下銳利的快感，愉悅得令人渾身顫慄。唯健被堵住的嘴低聲呻吟著，洩漏出微弱的哼聲。

反應比預想中強烈，像吸著奶瓶的孩子，不得要領地渴求著，不過能到這程度已經算滿足了。伸齊一直撫摸著唯健臉頰的手往下滑，沒有停止親吻，一路用指尖勾勒唯健堅硬的鎖骨輪廓，再到胸膛肌肉，將乳頭夾在兩指間揉動。

「啊！」

唯健的腰顫抖不已，乳頭不停地被彈弄，血液湧向原本柔軟的乳頭，立刻硬挺起來。陰莖也在隨之跪地的雙腿之間抬頭，實在羞恥至極。

唯健想把身子往後移，卻碰到障礙物，身後有個如牆一般堅硬的男人胸膛，還有他那正裝褲子的衣料之下，那根東西凶險地凸出，抵住唯健的臀部，好像透過幾層薄薄的布料就唯健不停地發出掙扎聲音，身體扭動想要閃開，但由於跪得太久了，雙腳不聽使喚地無力顫抖。大仁看著這幕景象，乾脆抓起唯健的腰，讓他坐在自己的大腿上。

「白唯健嚮導，請放鬆，掙扎只是浪費時間。」

大仁不停按壓唯健的大腿內側，接近股溝的地方，完全勃起的陰莖隨著按壓而溼潤。

「我也不想做太久，所以不要拖拖拉拉的，快點結束吧。」

大仁說完就不再開口，專心在自己手上的動作。用他那毫無感情又機械的手法套弄著唯健的陰莖，他的手套也漸漸變得溼潤光滑。

「呃，嗬，嗬啊！喔……！」

唯健的反應，就算是考量到藥效，也顯得過分生疏與青澀。正如伸齊所說，別說是性交，可能連自慰都沒有完整體驗過，所以只是輕輕摩擦了陰莖而已，腰就不受控制地彈起，還不由自主地聳動著臀部。

從大仁的角度僅能看到唯健的背影，但可以從黑色的髮間看到唯健漲紅的耳廓與脖頸，每當唯健扭動腰肢時就會摩擦到大仁的陰莖，讓大仁的陰莖也因此抬頭。皮帶跟拉鍊處緊繃，前液滲出後，內褲似乎被浸溼了，但大仁刻意忽略自己身體的變化。

伸齊玩弄著唯健的胸前，乳頭在搓揉下已經紅透腫脹，反射性的尖叫如同哭聲般爆出。

「嘴已經試過，乳頭也已經玩完了，前面有大仁在摸，那還剩哪裡呢？」

伸齊像在自言自語一般，丟出一句不期待有回應的問句，用膝蓋輕輕推開唯健已經分開的兩條腿，讓跪在地上顫抖的腿張得更開。他一手抓著唯健的肩膀，一手則是朝比抓住唯健陰莖的大仁的手，更下面的深處探索著，那結實的臀部之間，是封閉乾燥的洞口。

「啊……」

撫摸著那無人開發過的地方，讓唯健嚇得打冷顫，但肩膀被伸齊緊緊抓住，反抗也只是徒勞。

「太緊了，連手指都插不進去，直接插入的話，應該會流血。你的搭檔竟然沒有碰過，是怎麼忍住不插的？」

大仁似乎是聽到了令他不快的話，揚起眉毛。

「聽說他們是親兄弟。」

「哨兵跟嚮導之間在意那個嗎？一旦因為極度渴望疏導而失去理智，根本就不會顧及什麼父母、子女還有兄弟姊妹，大仁你應該很清楚才對啊。」

「……」

男人那張原本如石佛般冷靜的臉，浮現一抹憤怒的神色，按壓唯健陰莖的力道不自覺地加重。

「嗚、呃……啊呃！」

唯健的背脊因疼痛而僵硬，顫抖的脖頸浸滿了汗，看到這情況的大仁稍微放鬆手勁，像在安撫唯健似的用手掌輕輕滑動著撫慰泛紅的陰莖。不久又漏出了呻吟聲，沒有嬌柔的媚態，而是像一頭受傷的野獸喘息。

「今天適可而止吧，壞掉就不好了，好不容易找來的嚮導，想一天就玩死他嗎？」

「這是我的嚮導，他是死是活，關你什麼事……嗯，很好、很乖。」

伸齊沒理會大仁的話，像對待寵物一般撫摸著唯健的頭，又從溼潤的額頭摸到鼻尖，與他溫柔的聲音不同，下面的手依舊在探索著乾燥的洞口。

「稀秀從昨晚開始就非常想見新嚮導，至少要有個正常的初次見面吧？真的不行，就用潤滑液吧。」

「這麼堅持？那快點讓他射出來，我再用潤滑液插他。」

伸齊瞇起眼微微一笑。

「大仁，你的技術不怎麼樣啊，怎麼唯健到現在都還沒射？」

這讓大仁露出一絲不適，又從臉上迅速地消失。放開原本抓住唯健手腕的手，兩手一起集中在愛撫上，一手的拇指與食指圈住龜頭進行搓揉，還用指尖刺激著尿道口，另一隻手則是覆蓋整個柱身不停地摩擦，透明的興奮液順著大仁的手背流下。

唯健艱難地集中精神，但他的眼睛再次陷入恍惚，半閉的雙眼及微微顫動的濃黑睫毛。

全身的注意力都集中在被玩弄的陰莖上，沒有感受到伸齊的手指在試著探入他的後穴。

「嗬、啊、停、停下，呃、嗚呃！」

呻吟聲逐漸變大。唯健不知道自己在哪裡，被誰如何玩弄都不知道，他扭動著腰，大腿用力夾緊了伸齊伸進腿間的手臂。

這可恨、噁心、可憐的嚮導，幾個小時前走出那髒亂的巷弄，跟著我上車時，知道自己會變成這樣嗎？如果知道呢？知道卻還是願意跟我來嗎？大仁咬住下脣，用力抱住唯健，緊緊鎖在自己懷中，加快手上的速度。

「啊啊，啊嗚！」

包裹著薄薄包皮的生殖器抽動著，這是射精的前兆，唯健停下無意義的掙扎，睜大雙眼。在男人寬厚結實的手掌中，流著清液的龜頭有力地哭泣著。

「啊！」

唯健猛地抬頭，他的後腦杓靠在大仁的肩上，襯衫衣領間露出的脖頸上黏著黑髮，因為體溫升高，唯健的體香撲面而來，這隻像被捕獲的野生動物一樣尖銳的青年，身上居然散發著屬於孩童的皂香。

「啊……啊，呃……嗚……」

下腹部內某處積壓的熱氣聚集到陰莖根部，透過尿道噴湧而出，唯健連呻吟都發不出來，張著嘴瑟瑟發抖地任由精液射出。白色的精液一半噴到自己的胸膛與腹部，一半噴到大仁的手背上，然後滴落在光滑的大理石地板上。

大仁皺起眉頭，就算是射在手套上，但自己的手上沾有別人的精液，而且還是嚮導的，就感到非常不舒服。真想馬上脫掉手套丟進垃圾桶裡，然後去好好洗個澡。

他的表情讓伸齊無聲地笑了，似乎已經等待許久，伸手掃過唯健胸膛與腹部，又長又白的手指沾上精液，順著手背流下，又將沾滿精液的手背放到嘴邊舔舐。他看上去像不會嘗試不是高級餐廳主廚所做的料理，但若無其事地品嘗著。

「射了不少啊，味道也可以……嗯，看來是很健康。」

他用相當客觀的語氣評論唯健的精液。這要是讓兩頰泛紅、眼神渙散的唯健聽到的話，一定會對自己產生羞恥與厭惡之心，如果他的意識還清醒的話。

接著伸齊又用沾滿精液的中指再次插入洞口，剛才一直在猶豫要不要插進去，而此時藉助滑潤的精液，非常順利地進入了。

「呃啊！不要……」

「你要熟悉這些才行，以後還要吃比這個更大的東西。」

略微緊縮的洞口卡住了手指關節，伸齊輕拍著臀部，再次用力往裡面一推，使勁抽插幾次之後，中指完全塞進了窄小的內壁中。

「啊……」

唯健的裡面非常乾澀，富有彈性的內壁緊緊咬住伸齊的手指，與其說是下意識地緊縮，不如說是因為被異物感嚇得顫抖。

插進去的手指毫不留情地往內挖掘，用唯健的精液塗抹在他的內壁上，輕柔地刮弄，等適應中指之後，又增加了食指，兩根手指在同一個地方胡亂地進出著，又轉一圈去深入另一個地方，還像剪刀般張開食指與中指來撐開內壁。

「啊……嗚。」

肚子脹痛得像是被撕裂一樣，唯健難受地掙扎著，連眼睛都睜不開，只能喘著粗氣，拚命抓住大仁的手臂，似乎是在請求對方停下，他已經分不清楚正在玩弄他的人，究竟是伸齊還是大仁。大仁熨燙平整的黑色襯衫被抓出皺痕。

分離的兩指再次併攏，泛著水光的內壁發出溼潤的水聲，抽出後，直到手指與手掌相連最末端的關節被壓進洞裡為止，深深地粲下去，就那麼稍微動了一下指尖，輕輕按壓內部。

「啊呃！」

唯健的全身痙攣似的突然彈起，內壁含住的手指讓他酥酥麻麻的，緊繃的身軀之下，露出清晰可見的腹肌，已經射精過一次的陰莖又再次微微挺立，大仁像被蠱惑似的再次伸手抓住陰莖。

意接受嚮導的疏導，就像厭惡毒品等非法物品一樣，像個苦行僧，每天依靠藥物過活。

這次經歷的疏導令人感到暈眩又危險，該如何描述呢？像是遞一支香菸給倍受戒斷症狀折磨的吸菸者，又像在十幾天沒有進食的人面前擺上滿桌美食，那是比之前增加了千百倍的快感。伸齊說他與其他嚮導的匹配率從未超過百分之二，那他跟唯健的匹配率究竟是多少？百分之十？百分之二十？還是更多？不知道，完全無法想像。

這種嚮導至今為止都躲在哪裡？怎麼到現在才出現？他的親哥哥至今二十四小時都黏在他身邊嗎？他不知道，也不需要知道無法接受疏導的哨兵，時時刻刻都處在發瘋的邊緣，平靜地過著日子吧。

如果是F級，只需要牽手，或隔著衣服擁抱就足以達到疏導的效果。但是，不，反而因為這樣，如果進行性行為，就能體會到宛如天堂般的快感。居然想要一輩子獨享這一切？失去理智的嫉妒心不自覺地湧上。

抓起依舊在喘氣的唯健的下巴親吻著，大仁自然地產生好奇。他的裡面是什麼感覺？如果在這嘴內的不是舌頭，而是陰莖的話，會如何呢？

想到這裡時，他回過神來。意識到自己在做什麼的瞬間，像被燙到似的立刻分開了交疊的唇。對剛才還在親吻的對象，以及自己，都感到極度厭惡。

「呼呃、嗬、嗚咳……」

他一鬆手，唯健就無力癱軟在地上，開始不停乾嘔。胸膛劇烈地起伏，不只是過度使用的雙腿，連手都在顫抖著，這是藥物過量引起的副作用。

「你不是叫我不要第一天就把嚮導玩死嗎？」

伸齊故作輕鬆地斥責了一句，語氣聽上去輕快，但臉上完全沒有笑容。美麗的臉龐下，那雙隱藏瘋狂的眼神令人不寒而慄。

「非常抱歉。」

起身的伸齊用皮鞋敲了一下唯健的大腿，似乎在確認他的死活。

「叫人來收拾一下，把他洗乾淨帶去房間好好治療，買點好看的衣服跟制服給他，再怎麼說都是幻境塔一組的專屬嚮導，可不能讓大家看到他像是在地上打滾過的模樣。」

「是。」

伸齊說完自己想說的話後，便頭也不回地離開了。與不久前還渴望地舔舐著唯健的模樣相比，現在的態度簡直令人難以置信。

大仁脫下沾滿體液的手套，在他拿出手機準備喚人過來時卻停下動作，似乎是想到了什麼。他拉開看著自己敞開的襯衫衣領下，發現每次因為瘋狂的躁動跟無法忍受的痛苦，而自殘留下的痕跡已經完全痊癒。

傷痕雖然消失了，但那裡卻深深烙印著自我厭惡。

失去意識的唯健被某個人送到了陌生的地方，被夾在伸齊與大仁之間玩弄的記憶，在衝擊之下如隨意混合的調色盤一般模糊，也因為藥物的作用，根本沒有時間多想其他的事。

僅僅那不到一口的菸，就讓他的身體被玩弄得一塌糊塗，帶著清香的濃烈菸味，灼燒了自己的上顎與氣道，頭痛欲裂，胃也不停翻攪，全身感到異常寒冷。

這應該不只是毒品，而是劇毒。如果一般人在不知道的情況下接觸，很可能會喪命。

他想起若無其事地抽著那根菸、微笑著的伸齊。如果已經習慣抽這種菸，那他究竟經歷了多少年極端的痛苦？

他最終在黑暗又陌生的房間裡睜開雙眼，蓋在身上是他這一生中從來沒有體驗過的柔軟被褥，棉被和枕頭都散發著香氣，身體彷彿被雲朵包裹著，跟自己之前住過的老舊套房裡，那張有一絲微小的動作都會發出聲響的廉價床鋪一比，簡直天差地遠。

「……」

從旁傳來窸窸窣窣的微弱動靜，唯健眨了一下乾澀的眼，環視四周。在這個全黑的房間裡似乎有其他人存在。他無法辨認那是誰，周圍暗得只能看到一團模糊不清的輪廓。

那個陌生人什麼都沒做。他走進房間，來到唯健的床邊。既沒有說話，也沒有觸碰他，只是靜靜地站著。

是誰？在他不知道該如何是好時，那人動了一下，隱約聽到晃動水瓶的水聲。

意識到水的存在時，被遺忘的乾渴猛地被喚醒。怎麼會到現在才發現自己口渴得幾乎要瘋了呢？明明每次呼吸時，喉嚨都乾燥得像要裂開，痛得跟被灼燒一樣令人難以忍受，如果不能馬上喝到水的話，感覺自己就會死掉。唯健動也不動地躺著，將頭轉向對方，用嘶啞的聲音低聲說：

「水……」

只發出一個音節也讓喉嚨疼痛萬分，若是平時，唯健肯定不可能向一個陌生人哀求，但他現在還沒有完全找回理智。

「想喝水嗎？」

是從未聽過的聲音。不是禹伸齊，也不是朱大仁。男人的聲音柔和溫順，聽起來很年輕。

「……」

他喘著氣點點頭，連拒絕的力氣都沒有。在黑暗中，那個人低沉地笑了出來。

「我是稀秀，權稀秀。今年二十歲。」

真是莫名其妙的時間點，怎麼會在一個口渴得精神恍惚的病人面前，突然自我介紹呢？

「請叫一次我的名字，哥哥。這樣就讓你喝水。」

唯健的臉默默地扭曲，這是想做什麼？他本想瞪對方一眼，但房間太黑，根本就看不清臉。

「這樣都不行嗎？我為了要跟哥哥打招呼，一直等著呢！」

稀秀立刻表現出悶悶不樂的樣子，對情緒毫不掩飾的模樣感覺相當可愛，但唯健沒有放鬆戒備。

這裡是幻境塔。聚集了太多表面看來很正常，但內在早就崩壞的傢伙，不管行為多可愛，眼前這個男人與「平凡可愛的小男孩」絕對沾不上邊。

要不要叫他的名字？唯健短暫地陷入掙扎。他不想順從對方的要求，但不順從的代價也不可忽視。正常的情況下，不會因為不叫名字就玩弄他吧……但有伸齊跟大仁的先例，真的不能忽略這個可能性，那些傢伙做得出這種事。

「權、稀秀。」

唯健忍住喉嚨灼燒的痛楚，勉強張開嘴，那聲呼喚乾裂得難聽至極。雖然已經滿足他的要求了，稀秀卻沒有讓自己喝水的意思，反而將水瓶藏在身後。

「哥哥的名字是什麼？」

「你真的不知道嗎？」

不論是幻境塔的哨兵，還是覺醒者管理中心的Esper，都對唯健的個人資料瞭若指掌。可神奇的是，明明唯健從來沒有隸屬於任何集團，也沒有在網路上活動過。

刻意來到唯健所在的房間，親切稱呼唯健為哥哥的稀秀，肯定知道他是誰，還裝作什麼都不知道的詢問名字？真是可惡。

「當然知道啊，哥哥的資料我看了超過三十次，身高、體重、腳的尺寸、出生年月日、星座，甚至連血型都背下來了，啊，以防萬一，也把陰曆生日背下來了。」

「……」

「但我還是想聽哥哥親口說，自我介紹不就是這樣才有意義嗎？」

真是大開眼界。

出生年月日跟血型，作為嚮導的資料，在中心登記時有提供。但身高？體重？腳的尺寸？這又是怎麼知道的？難道是在昏倒的時候偷偷做了身體檢查嗎？

到了這個地步已經無法靜靜待著了。唯健緊咬下唇，艱難地起身。先前纏繞在伸齊腰間的雙腿依舊不停顫抖，被大仁緊抓的雙手也疼痛難耐。想到這裡，就不禁憤怒地咬牙切齒。

他費力地伸出虛弱的手，按下從剛才開始就一直閃爍著的小型LED燈。燈亮的瞬間，在柔和的燈光下，對方的樣貌清晰了。

稀秀拿著水瓶的手自然下垂，站在唯健床邊。比剛剛在黑暗中，只聽著聲音所想像的容貌還要俊美，不像是初次見面就會提到陰曆生日的瘋子，反而更具違和感。

穿著柔軟針織圓領毛衣跟棉質長褲，赤裸的腳上穿著拖鞋，棕色的頭髮蓋在額前，他像站在畫布前的某位畫家的繆斯，淡橙色的燈光打在鼻梁上，鼻樑上有一顆痣，連那也彷彿是畫家精心描繪的。

「算了。」

「咦？」

「水，算了。」

唯健放棄了喝水的打算。雖然口乾舌燥，但還不到需要為了喝水而配合稀秀的程度，這世上的水不是只有稀秀手上那瓶，不就是水，之後去其他地方也能找到，真的不行的話，也能去廁所喝洗手臺的自來水。

「真的不喝嗎？」

「嗯。」

「真的嗎？我好不容易才找來給哥哥喝的，這是我的心意……」

「不用了。」

稀秀又露出悶悶不樂的表情，他走近唯健一步，遞出水瓶。

難道是覺得無趣，所以決定放棄了嗎？唯健無意中想接下水瓶。

「啊，哥哥。」

稀秀迅速將水瓶藏回身後，讓唯健的手落了空。

「請張開嘴。」

「什麼？」

「我餵你喝。」

「哈……」

唯健乾笑一聲，全身像被鐵棒打過般疼痛，現在還頭暈目眩的，看不清視野。現在這是在幹什麼？真想放棄這一切。

「別鬧了。」

稀秀笑了笑。

「不要？喝吧，哥哥，你不是口渴嗎？」

他的手突然撐著唯健的後頸，那雙比起戰鬥，更適合寫字、畫畫和彈奏樂器的手，意外地有力量，讓唯健發出短促的呻吟。

「呃……」

一隻手用拇指推開瓶蓋，稀秀短暫地欣賞了被自己另一隻手抓住的唯健的臉龐，唯健原本平靜的臉出現裂痕，黑色瞳孔無法掩飾慌亂地來回晃動。稀秀內心笑著想，媽的，那些哥哥們，新來的嚮導長這樣就應該早點告訴我啊。

「喝吧，哥哥不是口渴嗎？」

他表情沒有變化地重複著同樣的話。瓶口塞進微微張開的嘴唇中間，唯健發出喘不過氣的聲音。他卻不管不顧，將水瓶裡的水傾斜倒出。

「嗚！呼……咳！」

唯健的脖頸被迫向後仰著，喉結不停地上下起伏，滲出嘴角的水流了下來。

「多喝點。」

不斷流出的水讓喉嚨相當刺痛，鼻尖痠痛得無法正常呼吸，好像要死了，想推開對方，但身體失去力氣。

「多喝一點。」

他抓住唯健的後頸，微微轉過頭低聲說道。那和親吻前的角度很相似，稀秀用同樣清澈的語調反覆說著。

「再多喝點。」

唯健拚命掙扎的手突然僵硬了，接著慢慢朝水瓶伸出。違背了自己的意志，顫抖的手抓住水瓶，水在劇烈的晃動下溢出。

從遠處看，他似乎是自願地在喝水，但實際上，他處於驚慌之中，什麼都做不了。原來失去自己身體的控制權竟然如此可怕，比被痛打、被遭受侮辱還要恐怖。

眼前一片黑暗，但破碎的拼圖卻漸漸拼湊起來。

權稀秀是哨兵，精神系哨兵比物理系哨兵更為罕見，所以能受到極佳的待遇，在人才濟濟的幻境塔裡，有一位這樣的哨兵不是稀奇的事。

得出結論並不難。催眠、暗示跟情緒操控是稀秀的能力。

隨即，腦海中浮現一個恐怖的假設——如果稀秀不是命令自己喝水，而是其他的呢？比如要他停止呼吸，那可能根本沒有抵抗的機會，就這麼死了。死因看起來是自殺，其實是他殺。

耳邊迴盪刺耳的耳鳴聲，水不斷地流進鼻子與嘴巴，意識逐漸模糊。

「咳！咳咳！咳！」

稀秀終於放手，幾乎空了的水瓶在覆蓋唯健下半身的棉被上滾動。

「哥哥，對不起，很痛嗎？棉被都溼了，怎麼辦，連衣服都溼了，我馬上幫你擦乾淨。」

唯健低下頭，不停地咳嗽，肩膀與背部不停地顫抖，水也順著溼漉漉的黑髮與下巴滴落。

「我不知不覺急躁起來了，都是因為哥一直推開我，讓我很難過……啊，初次見面就這樣不好，我本來已經下定決心不會毀掉，會好好照顧你的。」

唯健瞪著稀秀，充血的雙眼在昏暗燈光下顯得異常通紅，而下方的情況更糟，鼻子、臉頰與嘴，像是剛洗過臉一樣溼透。稀秀著魔似的，伸手用拇指擦拭他眼角的水珠。唯健咬牙用盡全身的力量揮開他的手，應該會痛的，但稀秀卻連眼睛都不眨一下。

「你們到底想做什麼？帶我來究竟想幹嘛？」

「哥哥？」

「是想一直玩弄、虐待我到死為止，我死了之後再找其他嚮導填補？如果那個嚮導也死了，再換下一個？」

「……」

「好玩嗎？對我做這種事情很有趣嗎？你們這些混蛋！」

在急促而混亂的喘息中，唯健所吐出的話語中帶著極大的憤怒，這是弱者忍受著不公的怒火。稀秀睜大眼，專注聽著他的話，雙唇微張和不斷眨眼的樣子天真無邪。接著他開朗地把眼睛彎成月牙。

「當然有趣啊。」

唯健啞口無言，心臟不知為何，彷彿被緊緊抓住，連生氣都辦不到。

「雖然很有趣，可是帶哥哥來不只是為了好玩。」

「那是？」

「沒有聽團長說嗎？哥哥是要跟我們一起去死，所以才來這邊的。」

唯健懷疑自己的耳朵，這真是一件令人震驚的事，怎麼能如此泰然地說出這種話。

「這就是我們團長的終生目標，殺光所有人後再了結自己，雖然我不是很懂……不過團長難懂也不是一兩天的事情了，所以也沒想要真的理解。」

接著，他還想用笑臉碰觸唯健的臉頰。

「我只要了解哥哥就可以了。我想了解哥哥，哥哥也要多了解我，嗯？我們彼此了解一下吧。」

唯健面無表情地搖頭，避開他的手。

「那是什麼意思？」

「彼此了解啊，該怎麼說呢？我們先一起躺下……」

「殺光所有人後再了結自己。」

「……」

稀秀沉默，決定忽略他表情驟變的那一瞬間。沒有回應，而是靜靜笑了。

「總之歡迎來到幻境塔。」

下一句話便叫了名字，像早就知道一樣自然。

「請多多指教，唯健哥。」

瞬間想起不在這裡的那個男人的聲音。

──『你必須成為幻境塔的嚮導，服從我所有的命令，必須忍受任何事。還有……要跟著我一起進入傳送門。』

伸齊要找出那漂浮在天上的巨大變異種，就算因此要承受更大副作用，導致精神失常也在所不惜。那個變異種被稱為「宮神星」，他詢問唯健有沒有看到，說那個東西總有一天會再次找上唯健。

執意帶著唯健去連經驗豐富的哨兵都會死亡的傳送門中，就好像……那是一個即使付出生命也要砍斷喉嚨的敵人。

即使稀秀沒有回應，他似乎也能明白說那段話的意思了。

3

嚮導

凌晨的街道冰冷寂靜，無人的街道只有路燈零落地閃爍。雖然近來白日漸漸變長了，但春天才剛剛到來，距離天亮還要一段時間。

「哎唷……好冷。」

路上的行人緊抓外套的衣領說著，為了趕上地鐵首班車在這個時間出門，都分不清是在作夢還是現實。睡眠不足、眼睛浮腫，頭也很痛。仔細回想昨晚，自己到底睡了多久？三小時？四小時？

之所以在漆黑的凌晨起床，走在這無人的街道上是有原因的。從家裡到公司車程超過一小時，又是一早七點必須上班，真是無良公司，汙穢的資本主義。只要存到錢，一定會馬上離開這該死的公司。他下定決心，這個想法每個月都會出現一次，他搖搖晃晃地走向遠方的地鐵路口。

白天熱鬧的街道，到了夜晚與凌晨卻像謊言般荒涼，道路兩旁的商店幾乎都沒有營業，唯一有燈亮起的地方就是銀行的提款機與二十四小時便利商店。一早沒吃東西就出門，眼前浮現便利商店裡陳列著的罐裝咖啡。

「要喝咖啡嗎？」

那人自言自語著，隨後搖搖頭。雖然不貴，但也不要浪費，等一下去喝公司茶水間的咖啡就好，現在每一分錢都要珍惜，這也是他不停咒罵公司，卻還是每天忍著黑暗跟寒冷，在凌晨時分上班的原因，也是喜歡搭首班地鐵而不是開私家車上班的原因。

陰森森的地鐵入口，只有吱吱作響的日光燈照亮通往地下的樓梯，除此之外什麼都沒有。

他因為睏倦而閉上眼睛，搖搖晃晃地走下樓梯，完全不看前方。

走下長長的臺階，轉了個彎，然後又是樓梯。這個時間手扶梯還沒啟動，必須走下無數階梯，他踏著熟悉的腳步走向驗票閘門。

「啊──」

他張嘴打著哈欠，用腫得半閉起來的雙眼翻找羽絨衣口袋，為了尋找交通卡。裡面有手機、耳機等各種雜物，但就是沒有交通卡。這時，才發現有點怪。

「……咦？」

這幾個月以來，每天都出入的地鐵站跟以往的樣貌不太一樣，有點奇怪，一整排的廣告看板出現裂痕與發霉，這一站的歷史相當悠久，是老舊的地鐵站之一，但也不到這程度才對，而且還散發著一股潮溼的魚腥味。天花板間隔設置的日光燈，被黑色苔蘚覆蓋了一半。

燈光不停閃爍，不久後就熄滅了，接著四周瞬間黑暗。

「什、什麼啊……」

這下他完全清醒了，下意識往後退了一步，早已忘記自己要找交通卡了，慌忙地轉身就跑。雖然還不知道發生什麼事情，但總覺得自己要快點逃離這裡。但因為燈突然熄滅了，根本分不清該往哪個方向跑。不知道自己從哪邊來，通往地面的階梯又在哪裡？

「嚇我一跳，什麼情況？」

這時後面傳來某個人的聲音。

「地鐵站怎麼突然變成這樣？是發生什麼事情？」

聽到那個聲音的瞬間，那人安心不少，這裡不只有他一個人，也有人跟自己一樣陷入困境中，就像恐怖電影的主角，原本恐懼不已，但這一刻不自覺地放鬆下來。

「這裡，這裡有人！」

他朝著聲音來源的方向大聲地喊著，一陣沉默後，黑暗的那端發出聲響。

「咦？」

「這裡也有人！啊，等等，我過去。」

突然想到手機有手電筒功能，他拿出手機打開手電筒。打算先跟那個人會合後，再看看要打電話給地鐵服務中心，還是報警。圓形的人工光線稍微驅離了黑暗，這個地方像成為了深海，到處布滿青苔與水草，惡臭味比剛剛更濃烈。

「喂，你在哪裡？」

「什麼情況？」

這聲音就在附近，他將手機轉向聲音的來源處，但燈光下的不是他所期待的人，而是個四肢超長、身體蒼白……樣貌奇特的變異種，像餓死屍體的肋骨處生長了三、四條腿，並套上一層拔了毛的生雞外皮。

下巴脫落，張大的嘴上滿是鮮血，怪物回過頭看向他，原本該有眼球的地方只有一個窟窿，卻仍有被看著的感覺。

怪物緩緩的動了動下巴。「咔嚓、咔嚓」，血肉模糊的嘴裡夾雜著人類的毛髮與肉塊，他失魂落魄地往地上看，髒亂的地上躺著失去頭顱的屍體，怪物把咀嚼的東西吞下，「咕咚」一聲，被白色皮膚包裹的脖子劇烈地蠕動了一下。

「為什麼突然這樣？是發生了什麼事？」

從無法說出人類語言的口腔構造中，傳出了像打開錄音機一樣清晰自然的說話聲。

「……嚇死我了。」

牠血淋淋的嘴笑得裂開了。讓那人無法控制身體地不停顫抖，想逃跑卻完全動不了。

「嗚、呃、啊……」

陰森的地鐵內響起尖叫聲。

「呃啊啊啊啊！」

幻境塔一組，是幻境塔的代表，最強悍的組員所在的組別，成員有禹伸齊、朱大仁、權稀秀，以及尹燦。國內不到十位的S級覺醒者，就有兩位在幻境塔——禹伸齊，還有尹燦。

尹燦如果離開幻境塔，到哪邊都能獲得財富跟名聲，畢竟S級覺醒者不僅在國內，連在海外都相當受到歡迎。但他選擇在伸齊之下工作，不是副團長，只是一般組員。因為與伸齊從小關係就很好，而且官階越高，事情就會越多，他嫌麻煩。

唯健與尹燦的初次見面是在用餐時，伸齊以介紹新來嚮導為由召集哨兵，甚至為了今天這一場聚會，把幻境塔總部的餐廳一層全數清空。

偌大的落地窗能看到一片開闊的風景，黯淡的淺藍色天空之下，這座灰暗城市有流動的江水、大橋、錯綜複雜的建築物與雜亂的電線。夕陽西下，一盞盞燈光亮起，更能顯現出這座城市的美麗。

四個男人坐在寬敞的桌子旁，職員引導唯健進入餐廳。

今天他穿著有領的襯衫與休閒褲，不見他剛來時穿的連帽T恤，這身打扮即使馬上進入附近的辦公室坐在桌子前都不會突兀，平淡又簡單端莊的風格，完全是大仁的風格。

在被伸齊指示要買漂亮的衣服給唯健後，讓大仁總是平靜沉著的臉出現變化。

幫嚮導買衣服？明知道我最反感嚮導，還偏偏叫我做？讓稀秀、尹燦，不，讓其他任何人做都比我好才對。

唯健本身也是個問題，根本就不知道該讓那個冷酷又粗糙的青年穿什麼才好，而且把「白唯健」與「漂亮」這兩個詞放在一起，世界上恐怕沒有比這更不搭調的組合了。

他沒有想過詢問唯健的喜好，也懷疑唯健是否有選擇衣服的審美，不想為了這種小事跟唯健說話，更不想帶他去店裡選購。量身訂做的制服還要幾天的時間才會好，所以就叫人去附近的百貨公司買幾套尺寸相符的成衣，這是唯一的方法。

唯健默默地穿上大仁送來的衣服，沒有特別說什麼。其實這也不意外，畢竟他每天穿的不是運動服就是戰鬥服。

「有睡好嗎？白唯健嚮導，有什麼不方便的地方嗎？」

伸齊笑著詢問。這應該不是用手抽插、強制自己吸進毒菸，最終讓自己昏厥的人該說的話。被玩弄成那樣怎麼可能睡好，唯健的臉色相當憔悴。

「……」

唯健沒有回應，雙眼看不出在想什麼，低頭看著桌上整齊的玻璃杯、盤子、西式餐具，這些全是從沒見過的東西，等等上桌的菜應該也是高級料理。但一想起哥哥此時只能依靠呼吸器跟無數的管子來維持生命，胃就不停翻攪。

「來，這位是我們新來的嚮導，大家好好相處吧。」

伸齊用著與氣氛不符的悠閒語調介紹唯健，大仁與尹燦完全無視他，只有稀秀開心地說：

「唯健哥，你好啊！」

這位是抓著唯健往鼻子和嘴裡灌水的人，在做了那種事情之後，還若無其事地打招呼，真令人起雞皮疙瘩。

餐前點心上桌，圓盤上就只放了幾個手指大的料理，桌旁有廚師來進行說明，但唯健多半聽不懂，想到自己裝作若無其事地跟這群瘋子坐在一起，本身就很不現實。他甚至沒想過要拿起餐具，只是呆呆地坐著。

「禹伸齊。」

打破這詭異寂靜的是一個陌生的人物。有著黑色短髮、黝黑皮膚的男人，用如野獸嘶吼般的低沉聲音怒斥著，而伸齊則是邊玩著刀叉，不經意地回應。

「尹燦，怎麼了？」

「你真的是瘋子嗎？」

「這又不是什麼新鮮事。」

伸齊的眼睛都不眨一下，依舊專注於吃飯，甚至像聽到讚揚後害羞的人般輕輕笑了。尹燦的臉逐漸扭曲。

「突然緊急找我們來，還以為是有什麼事情，結果只是叫我們來認識嚮導？還有，什麼好好相處？你到底想幹嘛？」

尹燦越說越氣，音調也隨之提高。

「我明明說過反對專屬嚮導，說了好幾次要用租借的，可你都把我的話當他媽的耳邊風！」

「說話不要這麼粗魯，你這樣會嚇到嚮導的。」

磨牙聲響起，目光變得更加凶狠。但對著伸齊，不論怎麼生氣都無濟於事，所以尹燦將怒吼的對象轉向唯健。

「喂，嚮導。」

青筋突起的拳頭砸向桌子，沉悶的聲音在整個餐廳迴響。

「我不知道你是抱持著什麼想法進來這裡的，做好你的本分，好好表現，如果能就這樣滾蛋就更好了。」

「……」

「我非常討厭嚮導把自己當成幻境塔的一員到處耀武揚威，而且說真的，我根本不知道為什麼我需要跟你面對面坐在這裡。」

唯健抬起頭，看到四個男人的目光一齊直勾勾地看向自己。

這些戴著人皮面具的惡魔，雖然表情各異，但全都令人不寒而慄，光是這樣看向自己，就能感受到一股壓迫感。

被壓抑的憤怒湧上心頭，但同時也感到害怕。如果違背他們的心意，可能會再次被殘酷對待，自己現在還沒痊癒的身體就是一個沉痛的警告。

我該怎麼辦呢？是要用沉默來拒絕，還是順從的屈服呢？唯健逐漸緊握原本無力地放在膝蓋上的雙手，手心不知道從何時開始冒出了冷汗，心臟不安地瘋狂跳動著。

「……」

原本低著頭，臉色陰沉的唯健表情變了，他直直看向尹燦，笑著開口。

「你才該好好表現吧。」

「什麼？」

「在飯桌上不分青紅皂白地大吼大叫，是這裡的做事方式嗎？」

「你說什麼？和S級、A級坐在一張桌子上，就覺得自己了不起了嗎？」

這讓氣氛變得有點冷冽，感覺尹燦一副要拍桌站起，朝唯健揮拳的氣勢。

「你能做什麼？說得好聽點是專屬嚮導，但除了浪費預算待在家裡，等我們回來時對我們投懷送抱、撒撒嬌之外，還能幹嘛？」

原本停下手邊動作看著唯健的人，紛紛重新開始做原本要做的事情。伸齊優雅地喝著杯中的開胃酒；稀秀興致盎然，像在吃爆米花一樣地認真吃麵包；大仁一副事不關己的神情，默默地專心吃著飯，但他們的目光依舊集中在唯健身上。

「那跟寵物有什麼不同？對了，寵物會給主人幹嗎？」

「這比喻錯了吧，寵物會被好好寵愛，我還不如當個家畜。」

尹燦發出嗤笑，在明亮的燈光下，那琥珀色的眼睛閃爍著危險的光芒。

「這……媽的，這下有趣了，這傢伙是從哪邊隨便冒出來的啊。」

他拿起唯健面前的盤子，毫不猶豫地砸在地上。盤子「匡啷」一聲被粗暴地丟在地板上，沒有破裂或翻面，但一口都沒吃的食物四散在周圍，廚師精心準備的醬料也濺到唯健的鞋上。

「這麼想被當成家畜，那就把你當家畜，從現在開始你吃的是飼料，不是食物。」

「……」

「在那幹什麼？還不滾下去你的位置？」

「……」

「啊，水也要嗎？」

事情沒有結束，尹燦把透明玻璃杯中的水倒入地上的盤子裡，盤子裡的食物跟水混在一起，泛白的水面上漂浮著裝飾用的金粉，昂貴的料理瞬間變成垃圾。

所有人都興致盎然地看著這一幕，但誰也沒有出面干涉，不擁護或斥責任何一方，反倒像是期待著唯健的反應。

這情景離奇得難以言表，明顯違反一般常識與道德的事情就發生在眼前，但除了唯健以外，所有人都顯得稀鬆平常，在這個不正常的世界，正常反而會變得不正常。

這桌的男人外表乍看之下無可挑剔，但他們都以不同的方式在發著瘋，只不過是披上人皮假裝社會化罷了，眼中都充滿了瘋狂。

以伸齊為中心編織成的秩序相當堅固，唯健感覺自己像被困在蜘蛛網上的獵物，不論怎麼掙扎都沒有用，只是獵食者的玩物罷了。唯健逐漸產生四肢被蜘蛛網纏繞的幻覺。他站起身，四雙冷漠的眼睛盯著自己，安靜得能聽見針落在地上的聲音。

他在所有人的視線中彎下腰，撿起掉落地上的盤子，把盤裡的東西全數倒在尹燦的菜裡，混合油脂的液體裝滿了盤子，還溢出到桌上。

「感謝您連家畜的飼料都準備好了，那就連我的份一起用吧。」

抖了抖盤子，連底部的菜都倒得一乾二淨。

「我很有禮貌對吧？跟某個人不同。」

最後將空盤放下。

唯健的回應實在是太出乎意料之外，讓尹燦愣了一下才滿臉漲紅。

連一秒都不想繼續待在這裡。金粉與香料裝飾的高級料理？味道只有吃過的傢伙才知道，他對於不知道該怎麼下口，甚至連名字都不知道的料理，當然不會有所留戀。

唯健頭也不回地從原路離開。沒有進食的胃部傳來一陣刺疼。他穿過寬敞餐廳，朝出口走去。

當沉重的大門在背後關上的瞬間，裡面傳來某個人的大笑，彷彿就等著這一刻，壓抑了許久後終於爆發，笑得喘不過氣。還隱約能聽見尹燦的怒吼混雜其中。

不過唯健一直走著，沒有停下腳步。在經過一條無人的走道時，他看到了廁所，便不假思索地衝進隔間嘔吐，但吐出來的只有摻了胃液的水而已。

＊＊＊

桌上的手機發出震動聲，伸齊正在處理平板上的報告，視線沒有從螢幕上離開，伸手按下接聽鍵。

「您好。」

『禹伸齊團長，我是裴哲成中將。』

「中將，好久不見，這段時間過得好嗎？」

伸齊很自然地打著招呼，但中將沒有您閒寒暄的心情，用中老年的粗獷嗓音大聲指責。

『哪有人做事這麼不講道理的？禹團長。』

「這是什麼意思呢？」

『我知道你現在年輕氣盛，但也稍微遵守一下商業道德，我們雖然隸屬不同集團，但一樣都是靠對付變異種過活的。』

「正如您所說的，我年紀小，所以不是很懂您在說什麼，您來電是為了什麼呢？」

明知故問的態度，讓中將怒不可遏。

『上次的記者會！記者會！』

「啊，是說記者會啊。」

伸齊輕輕一笑，端正了原本懶散靠在沙發上的姿勢，拿起桌上的手機貼上耳邊。

『怎麼可以在那些聞到點味道就像黃蜂一樣聚集的記者面前胡言亂語？你知道因為你的一句話，讓我們這幾天亂成一團嗎？什麼陰謀論，甚至是國民請願，各種不像話的猜測都有。』

「怎麼會是胡言亂語呢？中將，我說的話哪裡有問題，傳送門一直都有出現沒上報的變異種，覺醒者管理中心把這件事看作機密，難道不是事實嗎？」

『我的意思是，不要用這種方式爆料，難不成我們是因為喜歡才保密的嗎？』

中將生氣地大吼。都快要六十了，電話那端依舊中氣十足，這火爆的個性，稱得上是天性狂野。不過那是Esper們的事，與伸齊無關。不管他的軍銜有多高，都只對軍人有威懾力，對一般平民來說，管他是中將還是隊長，都只是不認識的大叔而已。

在中將不知道是喝斥還是訴苦的過程中，伸齊無聊地眨著長長的睫毛，用厭倦的神情凝視半空。

『聞所未聞的變異種會突然出現，如果遇到那傢伙不是死亡就是發瘋，完全不知道應對方式，也不知道出現的規律，每次出現就只能束手無策地被攻擊……我們可以這樣說嗎？這樣一來，哪個國家可以正常運作？根本完蛋了啊，反正人類要滅亡了，大家一起躺著等死不就好了！』

聽到這裡，門外傳來敲門聲，伸齊看了一眼門的方向。

過了一會兒，門打開了，走進來的人是唯健。訂製的衣服到了，他吩咐人叫唯健穿上後就上來一趟。

唯健可能是第一次穿這種衣服，有點不自在，所以一臉僵硬地站在門口，不停拉著袖口，等伸齊輕輕抬了下巴示意後，他才走向那邊。

黑色襯衫搭配合身的灰色褲子，還有黑色皮手套跟可以收緊胸部與肩膀，並延伸支撐慣用手的皮革背帶。這是幻境塔的制服，可以穿軍靴或靴子，也可以依照個人喜好添加私人裝

伸齊甚至沒有看唯健一眼，只是抱著唯健，讓他坐在自己的大腿上，用白皙纖長的手撫摸著他的腰，另一手拿著手機，一臉冷漠地講著電話。

「要騙人也要騙得徹底一點，上次皇安大橋慘案，說目擊者都死了，無法獲得證詞，這一次說是F級哨兵故意暴走，不覺得這些藉口過於牽強嗎？」

唯健再怎麼遲鈍，也意識到目前的氛圍不太尋常，這應該不是能隨便讓人知道的敏感對話，但伸齊似乎不在意被唯健聽到，他緊緊環住唯健的腰不放，像故意要讓他聽見一樣。

「幕僚的能力不怎麼樣呢，我們裴中將是年紀大了，看人的眼光也變差了嗎？趁這個機會進行大換血吧？」

『如果禹准將還在世的話，他會這麼做嗎？你現在這樣，要是被他看見了，一定會痛哭流涕吧。』

原本像是在緩緩撫摸寵物的手停了下來，唯健不經意地轉頭看向伸齊。

「如果我父親還在世？」

伸齊輕聲地反問，雙眼微微睜大。平時一向完美且傲慢的男人，偶爾會刻意表現出傻子般的模樣，宛如國王的愛妾，天真無邪地依偎在懷裡，喋喋不休地乞求他挖出百姓心臟來裝飾自己的宮殿。這樣的他突然將臉靠在唯健的肩膀上，淺色髮絲有些散亂，輕柔地彎起眼睛，像朵花般燦爛地笑著，甜美而低沉地呢喃。

「……那我會再次殺了他。」

電話那端一陣沉默，中將語塞，只能咂嘴。

『你這、你……真的是，你！』

隨後他只丟下一句警告，就掛斷電話。

『你這樣肯定會出事的。』

伸齊將被掛斷的手機扔到一旁，用雙手緊緊環住唯健的腰，猛地將他拉向自己，兩人的胸膛與腹部緊密貼合。

「剛剛為什麼就那麼走了？都沒吃飯。」

他問著坐自己腿上的唯健，表情跟口吻都像是在責備無情的戀人。兩人的鼻尖幾乎相抵，距離近得令人心慌意亂。男人眨著眼睛，他的臉龐真是過分華麗，唯健不知道該看向哪裡，只能默默移開視線，但也不可能脫離伸齊的懷抱。

「剛剛那電話，我不是故意要聽到的。可是你說的騙人是什麼意思？」

「飯菜不好吃嗎？我不知道你喜歡吃什麼，所以就先按照我的喜好準備了。」

「皇安大橋事件跟這次的事件有關係嗎？」

「下次吃韓食好嗎？還是要其他的？」

「中心那邊是故意隱瞞嗎？為什麼？」

他。

「白唯健嚮導。」

伸齊打斷唯健的提問，雖然語氣和剛剛一樣柔和，但莫名讓人不寒而慄，似乎不能違逆他。

「你一直這樣的話，我會很受傷的……」

伸齊緊抓著唯健不讓他逃跑，在下方露出一副可憐兮兮的表情。睫毛的陰影覆蓋在那雙仰望過來的眼睛上。

唯健瞬間懷疑起自己的耳朵，感到荒唐得甚至忘記要呼吸。

會受傷？就因為這點小事？這可是到目前為止都毫不留情地傷害他的人，不應該這麼理直氣壯。伸齊的手指逗弄著唯健的舌頭與上顎，還有在自己體內粗暴攪弄的感覺，到現在都還清晰地讓他胃裡翻騰。

「……」

各種髒話湧到嘴邊，唯健皺著眉想推開伸齊，但與輕飄飄的外貌不同，他的身體相當結實，用盡全力也紋絲不動。

剛剛太專注在電話內容，沒注意到自己的姿勢相當親密，身體相觸的地方像有火在燒，相貼的胸膛連對方心臟的跳動都很清晰。一旦意識到這一切，就感到很不自在，只要失去平衡，可能就會不小心碰到對方的嘴唇，現在全身都相當緊繃。

唯健這一生遇到的人，十之八九都試圖想硬生生壓制他，初次見面就對他破口大罵是常有的事，有些人甚至會直接使用暴力來羞辱。對於那些沒有教養又粗魯的低階哨兵來說，這是最有效的威嚇手段。

就這方面來說，尹燦比較能輕鬆應對，因為這是自己相當熟悉的手段。在剛進入一個哨兵團隊時，資深哨兵仗勢欺人的情況很常見，所以只要將尹燦的行為當作是在欺負新手，就能勉強忍受。

但伸齊不同，他跟唯健過去認識的任何人都完全不同。他可以上一秒還溫柔地輕聲細語，下一秒卻突然使用暴力，用極其羞辱的方式踐踏他的尊嚴，第二天又請他到華麗的餐廳用餐，還讓他穿上昂貴的衣服。

唯健完全不知道該怎麼應對他，唯健的自尊心無法允許自己輕易屈服，但每次的針鋒相對反而引來伸齊饒富趣味的笑容，像在享受一場遊戲。那種感覺更讓人感到不悅，拚命的抵抗對對方來說只是娛樂，這無疑更加屈辱。

「是因為要疏導才叫我來的嗎？」

完全不理會先前的對話，直接進入主題。畢竟伸齊這樣抱著自己不放，應該是需要疏導，所以他只想盡快完成，早點脫離他身邊。

伸齊笑著看向唯健，唯健冷漠的表情下充滿不自在，身體緊繃，僵硬得像根木頭，不

唯健忍不住反駁，就算他的性格再怎麼沉穩，也不是那種當對方明目張膽地在他面前討論接吻和性經驗時，還能保持沉默的人。

「沒有。」

伸齊噗嗤地笑了。

「正考慮要為白唯健嚮導製作專屬的一份。」

一隻手抓住肩膀，另一隻手搭在腰間，唯健毫無抵抗地被拉向對方。

「啊！」的一聲，身體的重心向後傾斜，當背部靠上寬敞的沙發時，男人的身體隨之壓了上來，還來不及反應，張開的嘴唇瞬間被封住，舌頭緊接著闖了進來。

擁有美麗無暇的臉龐，伸齊的吻卻十分野蠻。舌頭探入深處，直到喉嚨附近舔拭黏膜，又突然抽離，轉而不停吸吮唯健的嘴唇。兩人溼潤的舌頭糾纏在一起，發出水聲，每當炙熱而粗暴的舌頭在嘴裡翻動時，體內就像被電擊一般顫動。

兩人都沒有閉上眼，唯健難以適應這陌生的行為，眼神充滿驚恐，而伸齊則是在仔細觀察唯健的反應。

「嗯、呃、呃……」

這已經不是單純的接吻了，唯健感覺自己正在被吞噬，活生生地在對方的口中，從頭到腳每一寸都被狠狠咀嚼著，連靈魂與肉體也被撕扯，無形的血液順著全身的血管與神經，被他狂熱地吸食。

意識漸漸模糊，再這樣下去會昏倒在他身下。唯健伸出手，幾乎要喘不過氣，用力抓住伸齊的肩膀。伸齊沒有阻止他，反而刻意壓低身體，讓全身的重量壓在唯健的大腿間，這姿勢讓唯健的骨盆一陣鈍痛。

「呃……啊，嗚！」

唯健無法繼續忍耐，他偏過頭，兩人的嘴唇終於分開，但伸齊的雙唇不放棄地追逐，又吻了上去，急促的喘息聲瞬間止住。

伸齊的手在唯健胸前的襯衫上輕撫著，除了襯衫的第一顆鈕扣之外，其餘的都扣得整整齊齊。

揉捏胸肌、挑逗乳頭，橫越在胸前的背帶很礙眼，試著將手伸入胸前的背帶下，但背帶收緊得完美貼合身體，這動作並不順利，被打擾興致的伸齊粗暴地像要撕碎背帶一樣用力一扯。

「呃……」

唯健發出痛苦的呻吟聲，伸齊的唇沒有離開唯健，帶著惱怒伸手解開背帶扣，不僅如此，襯衫鈕扣一顆一顆被解開，最後連腰帶與褲子的拉鍊也拉開。

把唯健身上的衣服弄得一團亂之後，伸齊才滿意地離開唯健的唇，抬起上身，身下的唯健喘著氣瞪了他一眼，微睜的雙眼周圍都泛紅了。

衣角敞開，胸膛與腹部毫無遮掩地露出，肌膚隱約可見背帶勒出的印痕，被弄皺的襯衫上，閃著光澤的嚮導徽章顯得有些怪異，又從全開的褲子拉鍊縫隙中，露出了一點內褲。

「這套制服很適合你，幸好尺寸合身。」

剛剛沒有提到半句話，現在卻無緣無故說起制服的事情，要稱讚衣服的話，應該趁完整穿在身上的時候說，這個時機也錯得太離譜了。

「如果好好餵你吃飯的話……這邊的痕跡就會更深。」

他像敲門一樣，用指節毫無誠意地敲了敲唯健的胸膛，唯健眉頭一皺，那如同要被吞噬的親吻已經讓身體相當敏感，連這一敲也成為了刺激。

「所以給你的食物要吃啊，不要像剛剛那樣，這樣為你準備的人會很傷心的。」

真是笑話，只要自己被困在這裡，不但不可能會胖，還很快就會乾枯而死，只要是這傢伙給的，就算是山珍海味也不想放進嘴裡。

「白唯健嚮導總是這麼冷酷的話……嗯？我又會受傷的……說不定會拔掉你哥的點滴呢。」

「……」

唯健一時說不出話來，漆黑的眼裡隱藏的殺氣更濃了，傳來他咬牙切齒的聲音。

「你、真的……真是畜生！」

伸齊垂下眼，害羞地笑了笑。

「過獎了。」

伸齊把手放在唯健頭上的沙發靠背上，彎下上半身，唯健的臉上落下陰影，伸齊的身體漸漸覆蓋唯健上方。

他溫柔拉起唯健的手，脫掉唯健的手套，裸露的雙手被放到他身下，手掌感受到他西裝褲下那鼓起的明顯輪廓。

「什麼……」

唯健嚇了一跳，想要將手抽離，但沒有用，像被跟房子一樣大的石頭卡住，手完全無法動彈。

「用心吸吸看，不喜歡吃食物的話，那就要餵你吃這個了。」

唯健慢了一拍才理解他說的話，心裡升起一股抗拒，整天都在翻攪的胃，這下疼痛加劇，而唯健的表情讓伸齊笑了出來。

「不喜歡？」

這是什麼問題。

「……」

唯健咬著嘴唇深吸了一口氣，猶豫一會兒後，他解開皮帶、緩緩拉下拉鍊，拉開的拉鍊後面可以看見被內褲包覆的陰莖尺寸，乍看之下大得驚人。

腦海一片空白。

S級的陰莖大小也是S級嗎？要我吸那個？用我的嘴？當下所有的欲望都消失了，好不容易下定的決心也開始動搖，還不如被打得死去活來，或是赤手空拳被丟進變異種群裡面戰鬥。

「你要看到什麼時候？我們還有很長的一段路要走。」

伸齊嘴角笑著，微微皺起眉頭，被布包起來的那個東西跳動了下。

「你這麼熱情地盯著它，但什麼都不做，是想要讓我著急嗎？」

「不是……」

唯健的話還沒說完，伸齊捏住唯健的臉把他拉過來，毫無預警地將他的頭壓在下面。

「啊……呃！」

「我不是叫你幫我吸嗎，這樣畏畏縮縮的，要什麼時候才能做完。」

堅硬的柱身壓著自己的臉，唯健掙扎著，雙手向後撐著沙發才勉強保持平衡，下唇被龜頭壓得微微張開。

唯健的臉被壓在伸齊強壯的大腿之間，可以清楚地看見肌肉線條。他喘著氣抬起頭來，不知道是因為呼吸困難還是羞恥心，眼眶泛紅，清澈的眼睛皺得感覺要哭出來。現在是要自己哭著說請原諒我嗎？雖然知道這不可能，但這一刻他還是希望這只是個誤會。

唯健再次下定決心，這樣拖下去也不會有任何改變，他用顫抖的手抓著內褲。

他不想慢慢把內褲脫下，這樣只會增加恐懼感，而不是期待。他閉上眼睛，猛地拉下內褲。那真是致命的錯誤。

「啪噠」，響起肉與肉相撞的聲音，跳出的那根東西打到了唯健的臉頰。

「……啊。」

唯健被打了臉頰之後，沒能反應過來發生了什麼事情。他一側的臉頰泛紅，還沾到幾滴前液，兩眼困惑地看著伸齊。

「哈……」

伸齊好不容易忍住笑，看這樣子，如果交給唯健做的話，到明天都還完成不了，雖然這樣也沒有不好，如果不是之後有安排行程，真想幹到唯健的嘴破裂，直到他下巴脫臼為止，一整天瘋狂地吸著自己的屌，因為嘴合不攏而邊哭著邊流口水，想想就很可愛，不是嗎？

「能張開嘴嗎？」

伸齊帶著笑意輕輕地撫摸他的臉頰，拇指伸進雙唇之間，讓他把嘴張開。

「嘴再張大一點，這樣連龜頭都進不去。」

「呃……」

「舌頭伸出來，很好。」

一手抓住唯健的下巴，伸齊握住自己的陰莖根部，讓龜頭輕觸唯健的嘴唇，像插入洞口時一樣，慎重地尋找適當的角度，一找到就狠狠插進去。

堅實的龜頭頂到上顎，瞬間感到噁心，伸齊緊抓著唯健的後腦杓，不讓唯健有機會脫逃。龜頭輕掃過門牙，拔出後又再次將溼潤的陰莖插入，柔軟的舌頭在柱身上舔弄。

「嗚，呃啊……咳！」

「呃……」

連一半都沒有放進去，唯健就已經難以呼吸，為了吞嚥唾液，喉嚨不停上下起伏著，這動作讓上顎的空間變窄，擠壓了龜頭，塞滿整張嘴。

伸齊沒有放過唯健的每一個表情，用陰莖在下面不停地挖掘唯健窄小的嘴巴，心想著要強暴他多少次，才能徹底毀掉這個人呢？要花多長的時間不停地抽插他的上面跟下面，再用精液填滿他，才會讓他對這一切的刺激感到麻木呢？到那時候，自己也會厭倦嗎？如果還沒厭倦的話，又該怎麼辦呢？

就在這時，外面有人敲門，敲門聲清晰得無法忽視。應該是有人來找伸齊。

「……」

唯健停下動作，鼓著臉頰，似乎是想把陰莖吐出來。

「有讓你隨便停下來嗎？」

「呃！」

一隻大手抓住唯健的頭，唯健的臉上血色盡失。

門突然打開了，不知道是幸還是不幸，他的身體被沙發擋住，背對著門。

不確定挺著上半身的伸齊是什麼樣子的，但自己幾乎整個人躺在沙發上，所以來人看不到唯健。

「……」

唯健在他身下掙扎。畢竟要是一進到房間，看到有人的嘴裡含住另一人的陰莖，這未免也太瘋狂了。這樣下去，如果被那人看到的話……但塞滿整張嘴的陰莖卻沒有要拔出的意思，反而更興奮地脹大，龜頭也不斷地冒出苦澀的液體，浸溼了舌頭。

「啊，那個，團長，您好！」

是從沒聽過的聲音。緊張得渾身顫抖，看來是比伸齊等級低很多的基層哨兵。

「是的。」

伸齊的目光沒有移開，依舊向下看著。簡短回應了一句，然後開始慢慢活動腰部，陰莖在溼潤的嘴裡不停抽插，唯健驚恐地睜大雙眼。

「嗚……」

小孩拳頭般大小的龜頭好不容易穿過窄小的喉嚨，發出像是吸吮手指的聲音，唯健像抓著救命繩索般緊抓伸齊的大腿，指甲不停刮著褲子。

「章峴站站內出現了傳送門，應該是半夜生成的，直到今天清晨才發現，有幾位要搭首班車的市民被襲擊了。」

「規模呢？」

伸齊用下身前後搗弄唯健的上顎與舌頭，神色泰然地詢問情況。如果不是因為他散亂的頭髮跟泛紅的臉頰，那聲音沉穩地連正在被他抽插的唯健都不會知道他正在做什麼。

「因為在地鐵站站內，規模並不大。即使章峴站是三號與四號線的換乘站，那也是中小型的車站。」

「……」

「出沒的變異種會模仿被牠吃掉的人的聲音，不過只有幾句話而已，智商也不高，頂多就是C級到D級，就算首領出來，應該也是B級……」

話說到一半，哨兵就感到不對勁，以覺醒者靈敏的感官來說，不可能不知道這裡發生了什麼事情。

露在沙發扶手外，穿著黑色軍靴的腳，還有從靠背那側傳來的粗重喘息，高級皮革沙發不時發出摩擦聲。

他立刻了解了狀況，早知道團長跟他新來的嚮導在一起，他根本就不會靠近這裡。哨兵臉色瞬間刷白，含糊著說：

「那個……如果團長正在忙的話，我下次再來。」

「我不忙。」

伸齊笑著俯下身，整理唯健被汗水浸溼的瀏海。

「是我的嚮導很忙……忙著吸我的屌。」

哨兵猶豫地退了一步，滿腦子想的都是自己死定了。剛剛在報告變異種吃人的事件時沒有什麼感覺，現在反倒更加害怕。

「對、對不起！」

他彎腰鞠躬後馬上退了出去。

一聽到門被關上後，陰莖的動作就變得更激烈了。伸齊乾脆跪在沙發上，騎在唯健上面抽插，唯健抓著伸齊的大腿掙扎，不過是無用的反抗。

「唯健啊，你是怕……被剛剛那個人看到嗎？」

伸齊的呼吸聲逐漸變重，陰莖逐漸加重力道，在唯健嘴裡進出，發出「咕嚕」的聲音。

唯健覺得自己的嘴角快要裂開了，上顎也快要被頂爛，他的嗓子發出痛苦的呻吟聲。

「就只是開個玩笑……不要擔心。」

「嗬、咳……嗚！」

唯健的腳掛在沙發扶手上徒勞地掙扎。眼前被紅色、藍色、黑色染成一片，就像壞掉的電視螢幕。

「看你這麼害怕，我差點就要射出來了。」

充滿精液的龜頭強行撬開狹窄的喉嚨，飢渴地頂著黏膜尋找可以射精的地方。他硬生生地進入到更深處，接近喉結的位置。伸齊咬牙，快感順著脊椎匯聚到小腹。

「嗚……」

伸齊的陰莖脹得不停跳動，但還不夠，還想比現在更用力、更凶狠地插入，讓自己的陰莖更深入唯健的喉嚨、穿透食道，將裡面的一切通通搗碎。一股蒸騰的熱流上升，視野從邊緣逐漸發白。他閉上雙眼，睫毛微微顫抖，用與神職人員無異的神情射精。

射出的精液浸溼臉頰內側，連舌頭後方都充滿了黏稠的液體，順著喉嚨流下。本來不想吞下去的，但卻反射性地嚥下，結果嗆到了。

「咳咳，咳！」

塞滿整張嘴的陰莖一抽出，唯健就滿臉通紅地劇烈咳嗽。每一次咳嗽，還來不及嚥下的精液混合著唾液流出嘴角。伸齊伸出手，卻被唯健猛地甩開，最後他將身子蜷縮在沙發上。唯健身上掛著半褪的襯衫，可以清楚看見肩膀與後背劇烈地顫抖。

「嗬……嗚呃、咳、哈啊。」

稍微平靜下來後，用手背擦了擦嘴角，回頭一看，眼角像哭過一樣泛紅，通紅的唇上滲著白色的精液。伸齊一手撐在沙發靠背上撥弄著頭髮，目不轉睛地注視他。面對因為自己而差點窒息的人，臉上看不出有絲毫的歉意。

「……欣賞完畢的話，幫忙擦一下吧。」

這是施虐式的口交結束後，唯健說的第一句話，沙啞的聲音中有明顯的疲憊。伸齊大概是沒預料到他會說出這種話，眼睛一下子睜大，不過馬上就笑了起來。

「好，沒問題。」

回答的口氣很溫柔，彷彿他是個世界上最和善的好男人。他俯身親吻唯健的嘴，這張嘴含過他的陰莖，連精液都滿滿嚥下，但他卻毫不在意地親吻著。

唯健不會知道，強迫自己服從他殘酷的指示，那副模樣究竟多讓人興奮。唯健即使在無法保持冷靜的情況下，依舊固執地維持冷漠的樣子，那也許是唯健最後的自尊，就算是在被蹂躪與侵犯的過程中，也想要守護這最後一道防線。

是的，就算是那樣也沒關係，就這麼靜靜地看著也不錯，慢慢地用心毀掉他，那份堅持總有一天會徹底崩潰的。

＊＊＊

「所以呢？你到底在說什麼？要去那種根本沒什麼大不了的傳送門？而且還要帶嚮導去？」

尹燦睜大眼睛問道，對伸齊的爆炸性的宣言感到無言，恥笑了好一會兒才回過神。

「到底要我說幾次你才聽得懂？尹燦，你最近是耳背嗎？」

伸齊靠在沙發上，懶散地查看平板上的資訊，連頭都沒轉過去地回應著。寬敞的接待室對面，剛掛斷業務電話的大仁正朝這裡走過來。

「你這傢伙……」

「如果戰力出問題的話就麻煩了，如果是那樣，要提前告訴我，我可以找個人來代替你。」

「喂，之前說的什麼血壓檢查還是腦檢查，快幫我預約吧，再這樣下去，我很快就會被你搞崩潰的。」

「好的，我再幫你追加智力測驗。」

「幹！」

不管尹燦是否在爆粗口，在一旁低頭玩手機的稀秀抬起頭說：

「團長，讓尹燦哥也去做一下心理檢查吧，剛剛查了一下，網路上說的憤怒調節障礙的症狀，剛好跟尹燦哥一樣耶？」

「你們這些神經病！什麼鬼心理檢查，要做也是你們先去做！」

尹燦的怒氣到達臨界點，忍無可忍地爆發了。周圍那些腦袋最有問題的人，卻若無其事地聊著莫名其妙的話題，真的讓尹燦快氣瘋了。

「可是，帶唯健哥去傳送門這件事情，我也是持反對意見。」

原本心不在焉地滑著平板的手停下了。

「喔？」

「這次的嚮導，我很滿意，所以我決定要好好愛惜，不讓他崩潰，想保護得久一點。」

「……」

「萬一唯健哥被變異種咬下四肢的話怎麼辦？不，四肢少幾個應該也沒關係，但如果死掉的話怎麼辦？連用都還沒用過，還要處理屍體，這種嚮導要去哪裡再找一個？太可惜了。」

稀秀噘起嘴，還在生氣的尹燦也插話。

「不，這都不是重點，重點是為什麼要帶嚮導？有非要那樣的理由嗎？讓他去戰場還不是累贅。」

伸齊關掉平板，翻過來放下，調整了一下懶散的姿勢後，他輕抬下巴，彷彿在叫對方繼續說，尹燦壓抑自己的暴躁，繼續說：

「那個白唯健還是什麼的，那傢伙去那裡是能幹嘛？光想也知道肯定就是傻傻站在那邊被攻擊，沒有因為害怕變異種而哭暈就已經是萬幸了。」

「他總有一天要跟我一起去馬札羅斯（Mazzaroth）。」

「什麼？」

「所以要早點開始訓練才行。」

「你是認真的？真的要帶嚮導進去抓宮神星？」

「我沒聽過宮神星強制暴走的能力會對非覺醒者或嚮導起作用，原本暴走就是覺醒者過度使用能力才會出現的症狀，可以阻止暴走的也只有嚮導而已，所以答案就只有一個。」

「說好聽點是嚮導，但沒有了疏導能力也不過是一般人，就算訓練一百次、一千次也沒有用，一踏進去還不是要死。」

「那，也沒辦法囉。」

伸齊聳聳肩，尹燦「哈」的冷笑一聲，接著眼神突然平靜下來。

「喂，伸齊，算了吧，別把他牽扯進來，他根本什麼都不知道。」

「……」

「那傢伙，嚇唬他也沒用，不是那種會因為罵了幾句就自己離開的人。你們想要輪流玩他也好，要揍他也好，怎麼亂來我都不在乎，但別說什麼要帶他進傳送門。」

並不是因為覺得缺乏嚮導而感到可惜，畢竟尹燦本來就反對專屬嚮導，覺得有需要時去花錢租就好了，根本不需要給嚮導幻境塔的名號，還供他食衣住行。同時也擔心一個嚮導會造成組內分裂。

這也不是在憐惜唯健，若真的憐惜他，不可能在明知其他人會虐待他的情況下還坐視不管。就算是為了想讓他自願離開，也不會當眾辱罵他。說到底，不過是還保有身為一個人的良知罷了。

殺了牠——古老的災殃、狂神、或最強之星（宮神星）——然後摧毀這個擁有覺醒者跟變異種的可笑的世界。這才是伸齊的宿願。

尹燦因此協助伸齊一同創立幻境塔，而大仁與稀秀也因自己的目的而加入。

但唯健與他們從根本上就不同。雖然不知道伸齊是利用什麼弱點來威脅他，讓他毫不知情地，像被賣掉一樣進入幻境塔。他背負的，可能頂多是生活艱辛、有債或有家人要扶養，為了這些微不足道的事而犧牲也太痛苦了。

尹燦是作為普通人出生並成長的，平凡地讀書、交朋友，進入國小跟國中，直到十七歲才覺醒，雖然還很年輕，但價值觀已經初步成形了，跟一出生就是覺醒者的伸齊與稀秀，思考的方式完全不同。

儘管作為S級覺醒者的身分生活了將近十五年，在道德與常識層面已崩壞許多，但內心深處依然有一條絕對不能逾越的線，或許和唯健想守護的最後防線差不多。

「你跟白唯健說了多少？那傢伙真的知道宮神星是什麼嗎？馬札羅斯呢？」

「他知道我會帶他進去傳送門。」

「啊，是嗎？那他知道中心從幾十年前開始就祕密研究怎麼抓那傢伙，還建立了特種部隊，結果死了無數人，全都失敗的事嗎？為了養成不會受到腦波干涉也不會暴走的覺醒者，甚至做人體實驗的事呢？你爸也……」

「尹燦。」

伸齊冷冷地發出警告，臉上習慣性的微笑漸漸消失，取而代之的是像假人一樣的冷漠表情。

「我賭上這裡的一切，他也同意了，還需要什麼？」

「你冷靜好好想想，多一個嚮導就能解決一直以來解決不了的事嗎？我還要配合你到什麼時候？」

「不能理解的話就放馬過來吧，我沒空一一用語言說服。」

伸齊果斷地宣告，周遭像被潑了盆冷水般安靜，不只大仁，甚至連稀秀都閉上嘴觀望局勢。

「……」

尹燦也愣了一下，然後臉上浮現憤怒，又大又硬的拳頭緊握，露出了獠牙，嘶吼聲透過牙縫傳出，伸齊沒有移開目光，他摘下手錶，那是信號彈，隨著一聲令人毛骨悚然的咆哮聲，尹燦猛地衝了出去。

從地面躍起的是個高大的青年，但橫空撲向對方的卻不是人，而是隻野獸，一頭能輕易吞噬一兩個人的巨大黑虎，正試圖用前爪撕碎伸齊。

傳來「匡啷」的巨響，尹燦碰到伸齊之前就被一股無形的力量彈開，光滑的地板被砸出與他身形相符的坑洞，大理石碎片四濺。但這並不足以讓他受到傷害，尹燦如同被彈起般再次起身，全身肌肉緊繃，壓低姿勢，準備再次攻擊。

淡黃色的獸瞳一瞬不瞬地緊盯對方。毫無預兆地迅速撲向伸齊。同時，身後的沙發飛過來砸上牠的後腿。

「吼——！」

憤怒的咆哮聲爆發，雖然成功阻止尹燦的行動，卻無法完全躲開攻擊，伸齊的肋下被虎牙撕下一大塊肉。懸浮的桌子在空中被砸爛，「砰」的一聲，玻璃裂成數千碎片朝尹燦飛去，黑虎的毛皮被血浸透，被激怒的尹燦低吼，全力咬住伸齊。

豪華的頂樓套房瞬間被夷為平地，為了不被波及，大仁與稀秀退到遠處觀戰，但他們幾乎無法看清動作，隨著一陣要撕裂耳膜的轟鳴，周圍的一切轉眼間被粉碎。

這是兩位物理系S級的爭鬥，沒人有膽子插手。這裡四個人都是幻境塔的最高層，所以也不會有更高層的人來阻止這場衝突。

伸齊踢向黑虎的腹部，並用鞋跟狠狠地將牠壓住。尹燦翻滾著吼叫，用力地咬著伸齊的手臂，肌肉與血發出聲響。

「……」

但伸齊不為所動，任由一手被咬著，伸出另一隻手，作勢要抓住尹燦的脖子。「喀喇」的聲響，猛獸巨大堅硬的下顎關節被逐漸粉碎。

尹燦躺在一片狼藉的地上大口喘氣，像那是髒東西似的吐出伸齊的手臂。鮮血不斷從被咬爛的手臂湧出，猛獸的樣貌開始變化，宛如在手中隨意揉捏黏土，黑色形體逐漸扭曲。不知不覺，倒在地上的黑色老虎消失了，取而代之的是一名黑髮、深膚色的青年。

化成人形後也同樣淒慘，全身骨頭碎裂扭曲，有的骨頭甚至刺穿肌肉裸露在外。如果換作是一般人的話，肯定是重傷，不，是會當場死亡的致命傷。

尹燦並不是被逼到了極限才敗退，他因為一時衝動挑起這場戰鬥，但打到一半，忽然想著「這一切到底是在做什麼？」一下子就失去戰意，便決定放棄。他們兩個如果真心想打，絕對不止有這種程度。不止這個房間，整棟建築物都會化為灰燼，同處一室的其他人也絕對不可能平安無事。

尹燦癱在血泊裡，用沙啞的嗓音咕噥著說：

「隨便你吧，你這瘋子。」

伸齊也不是毫髮無傷，他從頭到腳沒有一處完好，像被血塗滿全身，被尹燦咬傷的那隻手臂，不知道是肌肉還是神經出了問題，打到一半時就失去知覺了，手臂斷了半截，無力垂下的手掌不受控制地搖晃。

「看來尹燦表示理解了。」

鮮血沿著滲透的袖子滴落，伸齊另一手撥了撥散亂的頭髮，淺色髮絲也沾滿血水，那雙帶著笑的眼睛瘋狂而混濁。

「……下一個？」

稀秀從遠處走出來，冰冷的寂靜中，只能聽到他的腳步聲，稚氣的臉上帶著殺氣。他全身緊繃，像在等待最佳時機準備撲上去。但最後稀秀放鬆姿態，微笑著說：

「我投降。」

他爽快地舉起雙手。

「要我赤手空拳跟S級戰鬥？我又不是瘋子。」

「……」

「我不想死，我錯了，就依照團長的指示去做吧。」

伸齊笑著點點頭。

「大仁呢？」

「我也一樣。」

大仁甚至沒有看向伸齊，機械性地回答。滿眼憂愁地環顧全毀的室內，腦中似乎正在盤算修理費用。

「好……那結論出來了，看來大家都願意接受，真開心。」

為了喚起大家的注意，伸齊輕輕拍了一下手，不過在一隻手根本不聽使喚的情況下，這個動作有些怪異。他宣布解散，既然彼此都不想再看到對方的臉，所有人像早就在等待這一刻一樣迅速散開了。

所有人都離開後，空蕩蕩的房間裡只剩尹燦在血海中掙扎起身，往地上吐了口血沫，骨頭的碎裂恢復了一些，雖然痛得厲害，但還能行動。

「媽的，每次都只有我累得半死……」

沒有人回應的自言自語，顯得格外淒涼。

＊＊＊

章峴站傳送門的攻略日程已經確定了，就在隔天中午。剩下不到一天的時間。

難度較高或規模較大的傳送門需要數個月來計劃，長則需要數年的時間。有的傳送門甚至會放棄攻略，直接永久封鎖其周邊的區域。不過，對幻境塔這個大型哨兵集團來說，時間如此倉促的行動實屬罕見。

這次覺醒者管理中心退了一步，沒有積極處理變異種，反而強調要減少傷亡人數，防止事態惡化。因為傳送門位於市中心的地鐵轉運站，讓許多與之相連的路線都癱瘓了。引起很多市民不滿。

話說得冠冕堂皇，但其實就是想把危險的工作推給哨兵，自己坐享其成，博得守護市民的名聲。

不管怎麼說，賺錢就是賺錢，哨兵們開始準備攻略。接近的條件極為優良，難易度也不高，許多哨兵都摩拳擦掌，兩眼發亮地衝過去。必須動作迅速，拖拖拉拉的只會讓別人捷足先登，到頭來一無所獲。

參加者名單公布了。名單簡單明瞭——**禹伸齊（S）、白唯健（G）**。

跟人數多達三位數後段的其他團體不同，這讓看到的人反應各有不同。有的人反應平和，質疑該不會是錯將字母A或B寫成G，也有人認為帶嚮導去戰場是瘋了嗎？還有人猜測團長該不會是被新嚮導迷得神魂顛倒。把沒有經驗跟知名度的人帶過去，從一開始空降進幻境塔時就很可疑了。

有這種想法的多半是剛進到幻境塔的哨兵，或是只參與一次性特殊任務的自由哨兵，但周圍的人都勸諫他們，如果愛惜生命的話，就閉嘴不要說話。

而在各種流言紛擾之下，位於暴風中心的唯健卻相當平靜。

「哈啊，嗬，哈啊……」

唯健深吸了一口氣，按下停止鍵。室內擺滿了各種運動器材，跑步機漸漸停了下來。他彎下上半身，撐著膝蓋調整呼吸，汗水從烏黑的頭髮上不停地滴落。調整好呼吸後，他將外套拉鍊拉到脖頸處，走下跑步機。

透過巨大的落地窗，可以看到被黑幕覆蓋的黑暗城市。現在是清晨四點，點亮整個夜晚的燈光已經熄滅了，太陽卻還未升起，這一刻大概比深夜更黑暗。

過去跟熙城一起生活的日子裡，哥哥還在熟睡時，唯健會去晨跑，再回來做早餐。不管是勞動還是運動，只要是需要體力的事熙城都很討厭，所以每次都只有唯健一個人。沿著路燈稀疏的道路邊跑步，有時會跑到住家後面的小山。迎著清晨的冷空氣，呼出白色的吐息，窒息的壓抑感似乎就能稍微緩解。

不過，現在不可能這樣做。沒有事先得到許可，或是沒有與幻境塔一組的哨兵同行，唯健是禁止離開這棟建築物的，就連買東西或衣服都必須獲得他們的許可，自行去醫院探望哥哥更是想都不用想。

名義上是不知道何時會有緊急疏導的需求，所以必須在總部待命。聽起來很合理，但唯健沒有單純到相信這些說辭，他很清楚，這是為了防止獵物逃跑而囚禁他罷了。

他整晚都呆坐在分配給他的豪華客房裡，衝動之下就跑了出來，再不讓身體動起來的話，感覺會瘋掉。一開始只是毫無目的地在走廊上徘徊，途中想起了最初走進這棟建築物時看到的健身房。剛好此時裡面沒有半個人。

「呼……」

當身體稍微冷卻之後，胃又襲來一陣撕裂般的痛楚，唯健只能將額頭靠在健身器材的手把上，努力忍受疼痛，削瘦的臉被汗水浸溼，慘白得令人擔心。

來到這裡之後，沒有正常地吃過一餐，除了昏倒失去意識之外，也沒有真的好好睡過。但唯健不是在用絕食表示抗議，幻境塔的哨兵也沒有故意不讓他吃飯，反而還強迫他進食。

但他就是無法吃下任何東西，在清晰得可怕的記憶中，他們還強制撬開自己的嘴，弄疼了下巴，但他根本就吃不下。直到目前為止，他攝取過的除了幾口水之外，就是不願回想起的、他人的體液。

再這樣下去，應該會在進入伸齊所說的傳送門之前就死掉。這樣的話，那個男人會有什麼反應呢？好不容易帶進來的嚮導在行動之前就沒命了，是會生氣，還是會感到可惜呢？如果自己沒有履行條件就死掉的話，那哥哥會怎麼樣呢？

他轉身離開這間寬敞安靜的健身房，走在冷清的走廊上，這裡白天是人來人往的地方，此刻卻籠罩在死寂中。

走回房間，打開門後唯健發現一個陌生的生物，是一隻體型龐大的黑色貓咪，光明正大地坐在床上，用前爪把棉被弄得亂七八糟，察覺到動靜才抬起頭。

「喵嗚。」

貓咪低沉地叫了聲，銳利的黃褐色眼睛在日光燈的照耀下閃爍金色亮光。

突然看見貓咪，一般人通常會有兩種反應，喜歡動物的人會開心地叫喊著好可愛，討厭動物的人會尖叫著要牠滾，不論是哪種都會有所反應。但唯健既不是前者，也不是後者，他只是看著貓咪喃喃自語。

「哪來的畜生，居然隨便跑來人住的地方。」

反應相當平淡，對任誰看到都會覺得漂亮的貓沒有任何讚嘆。貓的兩隻前爪併在一起，對他生氣地搖尾巴，看起來有點生氣。不過唯健陷入了自己的思緒中。

因為沒有養過動物，所以不知道該怎麼對待貓。至今遇過的動物，只有一隻前爪和他頭差不多大的野獸型變異種。但如果用對待變異種的方式對待這隻貓的話，這隻貓就會全身布滿彈痕地死掉。

怎麼搬動這隻貓呢？抓住脖子舉起來嗎？可是受傷的話怎麼辦？苦惱的唯健走到貓咪面前，淡黃色的眼睛帶著警戒心瞪著他，唯健沒有抓起貓，而是拉起被角，一下子蓋在貓身上。意料之外的舉動讓貓僵硬在棉被裡。

唯健把貓包在棉被裡捲起來，這隻貓的體型有點大，重量不輕。帶到門口後便打開棉被，把貓丟在走廊上。

「走吧。」

唯健只說了兩個字後就轉身走了，就像把跑進家裡的蜘蛛或蟑螂掃到畚箕上放出去一樣。有生以來還是第一次被這樣無視，還沒掌握情況的貓拱起背、豎起貓毛。此時房門正要關上，感應到危機的貓衝向從門縫中看見的唯健的背影。

唯健反射性地轉身，但貓咪尖銳的指甲已經在他手背上劃下一道痕跡，當貓咪落地時，唯健的手背開始冒出鮮血。貓瑟縮了下，沒想到會傷得這麼嚴重，都忘了這人跟其他人不同，是只要稍微粗魯對待就會毀掉的存在。

「……」

唯健看了眼自己手背上的鮮血。都這樣了，應該要生氣地對貓大吼大叫了，但唯健卻只是嘆了口氣，什麼也沒有做。對於那些只想壓制他的強者，他總是激烈的反抗，但面對弱者，卻又變得無比軟弱。

唯健放棄把貓弄出房間。牠似乎是偶然進來的，等到牠待膩了，失去興趣後自然就會離開吧。所以不管貓還在不在，他都開始做起自己的事，用嘴代替受傷的手輕輕咬住衣領，另一隻手拉開拉鍊脫下外套，再脫下黑色短袖T恤，把衣服堆在床上。

坐在地板上的貓頓時瞪大雙眼，從牠的視角可以看到唯健背對著他，被溼漉漉的黑髮掃過的赤裸上身。雖然做盡各種辛苦的差事，但姿態依舊端正得如有尺丈量一般。那似乎將鼻尖埋入就能聞到體香的頸後，脖子、肩膀、背部、與腰部的線條完美連成一線。

唯健脫下褲子，熙城暴走時留下的傷疤變成紅痕，依舊留在腿上，他穿著內褲走進浴室。

「喵嗚～」

回過神的貓好像是要唯健看一下自己，但唯健完全沒有轉頭。

洗好澡的唯健腰上圍著一條毛巾走出來，貓咪仍沒有離開，大概因為是夜行性動物吧，看起來很有精神，一點都不疲憊的感覺。他漫不經心地想著，用毛巾隨意地擦頭髮。手背上的傷已經止血，但抓傷處露出了鮮紅的肉。

貓咪發出喵喵聲，還用尾巴敲打著地板。唯健這時才看向牠。牠趁唯健洗澡時不知道去哪叼來了什麼。仔細一看才發現是罐頭湯。那對貓來說應該很重，牠用牙齒艱難地勾住拉環。

唯健終於懂了，是要他幫忙打開罐頭才來的？居然還知道向人求助，真是一隻聰明的貓。

唯健將擦頭的毛巾掛在肩上，單膝跪在貓咪面前，身上散發著溫暖溼潤的沐浴乳香味。不過，貓可以喝這種湯嗎？不知道，小時候似乎曾在故事書上看過貓咪會舔盤子裡的牛奶。

「你可以吃這個嗎？」

貓咪不滿地大叫，還快速地搖著尾巴，唯健打開罐頭，把罐頭湯放在貓咪面前。

「喵嗚！」

但貓生氣地用爪子猛打罐頭，好不容易打開的罐頭打翻了，貓一陣齜牙咧嘴後，就轉頭跑了出去。

「……」

整個房間地板都是湯，唯健沉默了好一陣子。

＊＊＊

天亮了，唯健準備完畢，跟著伸齊出門。

上次是從大仁的車下來的，這次正門前停了伸齊的車。大仁的車是跟他本人一點都不搭的野性設計跑車，而伸齊的車則像是財團會長會搭的那種穩重大型轎車。

「團長，您好。」

「早安。」

伸齊自然地接過鑰匙，原本以為會有司機，但看來他是要自己開車。

「團長您說要輕便出行……但我還是有讓幾位哨兵待命，需要他們跟您一起前往嗎？」

「為什麼？是覺得我一個人不夠嗎？」

伸齊邊戴上皮手套反問：

「不、不是那樣的，非常抱歉！」

「不用道歉，你該道歉的是另一件事情。」

伸齊眼中毫無笑容，只有嘴角略微往上揚，盯著眼前這個恪守軍紀的哨兵。

「跟我的嚮導打個招呼吧。」

「什麼？」

伸齊舉起手指輕晃，做出打招呼的動作。

「對我的嚮導禮貌一點，不要裝作沒看到他。」

這下不僅是這位哨兵，連在正門前恭送伸齊的其他員工也臉色發青。

自從伸齊帶唯健進來後，沒有人關注過唯健。沒有怠慢，也沒有尊重，只是忽視這個人的存在。

能夠成為幻境塔專屬嚮導，又是最強的一組的嚮導，理應是最高榮耀，說他是嚮導界最成功的人也不為過。雖然有虐待嚮導的傳聞，但幻境塔的名號仍是人們羨慕的焦點。伸齊對疏導沒有興趣，匹配率也很低，所以專屬嚮導的位置一直都空著，才讓這個職位顯得珍貴。

這時，突然空降一個年紀輕輕的男孩，就令人不得不懷疑了。

唯健是因為很有能力，才被提拔成團長的嚮導嗎？可若是如此，應該很早就作為能駕馭A級與S級的嚮導而出名了，應該會有許多哨兵集團爭相用鉅額年薪聘請他才對。

可他們不但從未聽說過唯健，而且來這裡之前還是在某個邊緣社區，被F級哨兵輪流吃的傢伙，那種低階嚮導，怎麼有能力坐上幻境塔專屬嚮導的位置？幻境塔內部暗地流傳著一個沒有能力的傢伙用身體迷惑了團長跟副團長，甚至整組組員的傳言，所以理所當然不會給他好臉色。

哨兵馬上收斂情緒，在這一行打滾了幾年，深知在團長面前敵視嚮導不是個聰明的選擇，他隨即向唯健深深鞠躬：

「嚮導，您好。請原諒我的無禮，我誠摯地向您道歉。」

「……」

唯健皺起眉頭，不是很習慣接受人鞠躬行禮，但他不回應的話，對方好像會一直維持鞠躬的姿勢。儘管不是很情願，他還是略微彎腰示意。這裡的人跟唯健生活的世界不同，若不是進了幻境塔，根本不可能跟他們有任何交集，因此也不需要這些人的尊敬，他們像之前那樣無視自己還比較好。

伸齊親切地打開副駕駛座的門，但唯健卻猶豫了。

大仁的車門是向上打開的，再加上跑車的車身很低，讓他猶豫是否該上車，但伸齊的車卻剛好相反，高得像可以直接站著上車。對唯健來說，迄今為止搭過的車都是老舊貨車或快要作廢的老房車，對這一切都很陌生。

「需要護送嗎？」

伸齊伸出手，唯健直接皺起眉頭。

「不用。」

他無視伸齊的手坐進副駕駛座，透過後照鏡看到在正門前排成一排的人們。

「請慢走！」

身後傳來一聲的恭送問候，沒說什麼「請務必安全回來」，或是「一定要戰勝歸隊」的話。反正，伸齊肯定會勝利。

＊＊＊

「有睡好嗎？」

伸齊問道。熟練地將車駛上大馬路。

這既突然又毫無良心的問題讓唯健滿肚子火。有睡好嗎？昨天把人壓在沙發上玩弄，現在看著自己的臉還能問出這種問題？

再加上不得不在清晨時打掃貓打翻的罐頭湯，身體疲憊到一定程度就睡不著了，最終整晚都沒有入睡。睡眠不足讓身體疲乏，但精神又異常清醒，現在神經變得非常敏感。

「那團長有睡好嗎？」

唯健說話更尖銳了，以往都用「您」或是「你」來稱呼，現在換了一個稱呼，像是在嘲諷。伸齊開著車注視前方，冷靜地回覆。

「我從出生到現在都沒有好好睡過。」

唯健不自覺望向伸齊。伸齊的側臉像畫作一樣，白皙且溫和。聖火中的天使應該是這樣嗎？但不能被他騙了，那天使般的外表之下，有著比惡魔跟野獸還殘酷野蠻的內在。

前往章峴站的途中，兩人再也沒有進行任何對話。唯健僵硬地坐著，抱住手臂看著前方。由於封鎖傳送門附近的道路，交通堵塞嚴重，越靠近章峴站路況就越塞。

但不知道是因為昨天的疏導，還是其他的原因，伸齊看來心情非常好。車子行駛得緩慢也沒有見他皺眉，甚至於還在車內播放古典樂，戴著黑色皮手套的手指輕輕敲擊方向盤，低聲哼著歌。明明是要去屠殺變異種，但任誰看來都會以為這是在約會兜風。

好像沒有盡頭的車潮終於散去，前方可以看見管制出入的閘道，管制路牌上清楚地印著覺醒者管理中心的標誌，守住入口的低階Esper在遠處看到伸齊的車，就自動打開閘道，車子順利地開了進去。

「您好，幻境塔禹伸齊哨兵，我們已經收到您會參與章峴站作戰的公文。」

駕駛座的窗戶降下，Esper就馬上敬禮。態度跟看到著名藝人或高層政治人物一樣。雖然Esper與哨兵之間的關係並不好，但他們跟伸齊之間的等級天差地遠，憧憬與好奇大過所屬團體之間的反感情緒。

「是的，辛苦了。」

伸齊面帶微笑地對他們點點頭，雖然表現敷衍，但Esper依舊很開心能見到名人。

「請問跟您同乘的這位是？」

他們的視線集中在唯健身上，準確地說，是唯健胸前的嚮導徽章。在唯健開口之前，伸齊就笑著回答。

「是我的嚮導，很可愛吧？」

「……」

Esper的表情變得很微妙。伸齊旁邊那位黑髮青年，始終漫不經心地將雙臂抱在胸前，看著窗外，眼角有著疤痕，乍看之下會以為那隻眼睛是雙眼皮，但細看才發現那是疤痕，是長得很帥……但不知道是不是可愛。

好吧，應該只有伸齊能看到他的可愛，不過其實唯健是不是可愛根本就不重要，他們只需要公事公辦就好。

「是名單上的……白唯健嚮導，好的，身分確認完畢。」

「……」

「請問嚮導是在車上待命嗎？那請盡量停在離傳送門較遠的地方，注意不要被捲入大範圍攻擊中，如果在待命中看到變異種攻擊，請馬上向旁邊的覺醒者求助，當然我們也會注意，只是以防萬一。」

「沒有那個必要，我會看好他。」

伸齊漸漸收起習慣性的微笑，只剩冷漠的雙眼。

「白唯健嚮導會跟我一起進去。」

「好的……什麼？」

Esper 嚇得再次詢問。但伸齊認為不需要繼續回應。拉上車窗並啟動車輛，經過層層設置的路障跟臨時崗哨進到最裡面。

以地鐵站入口為中心，半徑幾十公尺以內全然淨空，有幾位哨兵在入口前集合檢查裝備，有人認出伸齊的車後十分驚訝。

「那傳聞是真的？」

「說是幻境塔也會來，但團長親自過來？這有點過分了吧。」

有人不耐煩地吐痰，開始收拾行李。

「靠，大家把工具放回去吧，今天生意泡湯了。」

「金字塔頂端的鯊魚跑來跟我們搶食？」

「討口飯吃真的好累啊，大型超市都有管制，大型哨兵集團什麼時候才要列入管制名單中啊。」

對他們來說，伸齊是憧憬的對象，同時也是競爭者，所以他的出現並不是那麼令人高興，加上這裡大部分都是B級到D級的中階哨兵，不如低階哨兵人數多且費用低廉，能力又落後高階哨兵，像使喚奴隸一樣對待F級哨兵的他們，面對高階哨兵完全不敢吭聲，只能起到陪襯的作用，因此視線自然不友善。

「聽說禹伸齊哨兵上次也是自己掃盪了小型傳送門？善蘭洞還是什麼地方？就是那個在郊區的廢棄工業區。」

「夾殺平民是一種樂趣嗎？」

「噓！」

窗外的竊竊私語透過玻璃傳到唯健耳裡，更不用說感官比他敏銳的伸齊了，但他毫不在意，隨著車內流淌的古典樂輕敲指尖，悠閒地停車。

開門下車後所有人都朝這邊看了過來。好奇、憧憬、疑惑、警戒等各式各樣的眼神都集中在伸齊與唯健身上，接著這些視線又轉向其他地方，因為遠處傳來動搖地面的吵雜引擎聲。

閃亮的黃色跑車華麗地漂移停下，道路被劃下明顯的煞車痕，附近的人都嚇得倒退一步，駕駛座的車門打開，一位戴著墨鏡的年輕女子下車，她身穿破洞牛仔褲與夾克，髮色跟她的車子一樣特別，是經過多次漂色後才有的白金色及耳短髮，髮根已經長出新的黑髮。

「喔，哨兵們大家好啊。」

女子插著褲子口袋大咧咧地打招呼，像典型的不良少女。一看到她出現，剩下的哨兵們也開始收拾行李。

「靠，媽的，連石文英都來了。」

「繼S級之後，連A級也來了嗎？」

女子拿下墨鏡看向伸齊。

「哎唷，這是誰？居然是禹團長。真是難得，您怎麼會來這種簡陋的地方？」

文英這句「簡陋的地方」罵到了在場的所有人，伸齊回應女子的招呼。

「就是來散散心，石團長呢？」

她笑著指向副駕駛座。

「我姊上下班都搭地鐵，但最近因為管制要繞一大圈，會多花一個多小時。為了我姊通勤的舒適，只好獻出我的身體啦！」

「文英！」

副駕駛座的門猛地打開，滿臉通紅的女子慌忙下車，她跟文英身穿一樣的夾克，不同的是左邊胸前的嚮導徽章，跟唯健身上的徽章一樣。

「跟陌生人說那些幹嘛……人家會以為我是奇怪的人啦。」

「妳每天早上不是都發牢騷說睡不飽，要我快點處理那個傳送門嗎？」

「我哪有，我什麼時候那樣了？」

「所以不是叫妳收拾行李趕快住進來？這樣可以省下通勤的時間，姊姊只要人來就好，反正只是多擺一組碗筷的事。」

兩個女人吵吵鬧鬧，短短的對話足以彰顯她們之間有多親密。

「什麼叫人來就好，妳怎麼這樣跟姊姊說話。」

文英的嚮導紅著一張臉，雪白的皮膚沒有半點瑕疵，只要換件衣服，看起來就是在中上階層的家庭中長大的大小姐，再怎麼樣都跟早已遠離平凡生活的唯健存在天壤之別。

原本在文英耳邊竊竊私語的女人突然轉頭看向唯健，兩個身境截然不同的嚮導第一次對上視線。

「……」

唯健就只是回視了她，絲毫沒有要互通姓名的打算。

文英也看向唯健，那兩個男人之間冷淡地維持一定距離站著，但伸齊向前一步，擋住一半她們注視唯健的視線。就像偶然一樣自然，如花般的笑容，臉上沒有一點瑕疵，反而更讓人毛骨悚然。

她早就認出那位青年是嚮導，但還是刻意裝作不知道，禹伸齊帶不帶嚮導是他自己的事，不過看到這情景，不免讓人懷疑有什麼內情。

「禹團長，這次又要換新的嗎？」

「妳說什麼？」

「嚮導啊，把嚮導神不知鬼不覺丟給裡面的變異種，帶新人來不就是為了要這樣嗎？」

「怎麼可能……怎麼能說那麼可怕的話呢。」

「我聽到的傳聞是這樣啊。」

文英挑釁地皺起眉頭，露出似笑非笑的笑容。

「聽說幻境塔嚮導的保存期限比水果還短？」

「是嗎？什麼有趣的傳聞都在流傳啊。」

「雖然你們的事情跟我沒關係，但就當我多管閒事吧，如果是我的話，我不會這樣做，我不會這樣對待我的嚮導。」

「如果知道自己多管閒事……」

伸齊面帶倦意翻了白眼，然後嗤笑起來，用比剛剛更陰暗的眼神看著前方，嘴角的笑意不知不覺消失了。

「就該閉嘴。」

雖然想再繼續挑釁對方，但文英肩負的責任太多了，從自己身旁的嚮導，到下面眾多的團員，惹火這個瘋子，對集團不會有任何好處。

「……」

文英閉上嘴結束這段對話。讓嚮導上車，頭靠向稍微打開的副駕駛座窗戶，不斷叮嚀嚮導要小心人、變異種、攻擊的餘波等等。

「我們就不要彼此妨礙？」

文英轉過頭凶狠地警告，接著把手插入外套口袋，往地鐵入口處走去。背後那輝煌燦爛的自然色系刺繡相當顯眼，那是身著華麗綢緞的韓服、長髮用髮簪扎起的女神刺繡。那位女神是萬神的人為王，也稱為旗幟公主。

石文英，二十八歲的A級哨兵，能力是招魂(Necromancy)，哨兵集團「旗幟」的團長。

＊＊＊

伸齊與唯健跟著文英走下地鐵入口，周邊沒有其他人，一兩天前還是人潮擁擠的區域，現在階梯卻長滿怪異的青苔。

傳來一股死掉的動植物糾纏在一起的惡臭，腸胃虛弱的人應該馬上會嘔吐並跑出去。唯健不禁皺起眉頭，但他沒有做出轉過頭或摀住口鼻的愚蠢動作，伸齊看向他，略微笑了一下說：

「沒有靠近過傳送門就不會知道，傳送門周遭會被『那邊』的環境所感染，越靠近越嚴重。」

「……」

「小心，一不小心就會跑到那邊去。」

那語氣像在跟小孩說什麼深夜怪談，簡直就是故意輕視自己，雖然唯健只有跟F級哨兵一起戰鬥的經驗，但還是知道關於高難度傳送門的基本知識。

「不會的。」

「我的嚮導真是非常可靠啊。」

伸齊低聲笑著，唯健的表情因此更加凝固，總覺得被戲弄了。

這種等級的傳送門，伸齊可能閉著眼睛就能攻略，但唯健不是。在廢棄工廠一帶，遇見的昆蟲型變異種是最弱的等級，伸齊只是看一眼，就像捏死蟲子一樣將牠輕易地粉碎，就算要面對成百上千隻也不會有任何差別，但唯健要對付其中一隻就必須賭上性命戰鬥。

「我選了一個適合累積經驗的地方，不會很簡單，也不會太難，往後常常會遇到，所以要漸漸習慣才行。」

「……」

「太害怕的話，可以來抱我。」

「那我寧願自己去死。」

「真冷淡啊。」

唯健把他的話當耳邊風，精力集中在手部的感覺，手上的金屬手柄不輕，果然是幻境塔的裝備，比以前使用的要好很多。儘管如此，槍支結構也大同小異，因此不難操作。找回熟悉的感覺後，稍微安心了些，畢竟能依靠的就只有這把槍而已。不過，這段階梯到底要走多久？這時，從下方傳來微弱的聲音。

「喂，這裡有人。」

「……」

聲音從黑暗中傳來，唯健先看向那片黑暗，又看了一眼身旁的男人。伸齊明明已經先察覺了，卻沒有任何反應，看來是要測試唯健的判斷力。兩人都沒有回應，四周一片寂靜，下方又傳來某人的呼喚聲。

「這裡也有人！啊，等等，我過去吧。」

唯健目不轉睛地凝視黑暗的那端，連呼吸都逐漸平穩。

他緩緩舉起手上的槍，右手握著槍把，左手托在槍把下方支撐，擺出拿槍的基本姿勢。雖然沒有受過正規訓練，而是經歷了數不清的實戰學習的，有點笨拙，但動作也算乾淨俐落。令人意外的是，他的反應慎重，本來以為只要聽到有人呼救，就會馬上行動。

「請問您在哪……」

「砰！」對方話沒說完，唯健就開槍了，槍聲在空蕩的地鐵站迴盪，夾雜怪異的哭聲。

「唧唧！」

額頭被子彈擊中的變異種興奮地往這邊跑來。幾條腿在地上「噠噠」地快速爬行，聽起來像一隻巨大的蜈蚣。

「砰砰砰！」第一次開槍確認了敵人大約的位置後，便毫不猶豫地連續開槍，由於變異種左右搖擺地奔跑，所以多少有點射偏。但他的槍法卻彷彿有誘導功能一樣，能夠精準全數命中頭部。開槍的後座力相當大，緊張與壓力肯定也不同以往，但姿勢卻絲毫沒有鬆動。

點四四麥格農，六發子彈填滿後，重量會難以用一隻手瞄準，是相當重的一支槍，所以不適合長距離射擊，不過貫穿力極高。目的不是為了要射穿，而是打進體內、炸開骨頭，即使不能殺死變異種，也能給予一些傷害。

最後一槍射出，變異種終於在離唯健大約五公尺的地方倒下，但還沒有死，牠重新站起來，從被槍射中的地方流出黑色血液。不過跟剛剛相比，動作緩慢許多。

「這……裡，有人……」

那聲音就像是被勒住脖子後的喃喃自語，四肢都朝不同的方向掙扎。

「唧唧……咕呃。」

變異種身體乾瘦，肚子卻怪異地膨脹，慘白無毛的皮膚轟隆作響，最後把體內的東西都吐了出來，因為受傷讓行動遲緩，難以移動，所以才將吞下的東西吐出來減輕重量。咀嚼到一半的人頭混著各種噁心的體液和血液，通通都被吐出來。

「吃了真多。」

原本只在後方觀戰的伸齊冒出一句話，百無聊賴的樣子。唯健伸手換彈匣，要趁這個時候讓牠喪失行動力，但伸齊動作更快，只是輕輕一瞥，變異種的肚子就炸開了，裡面的手腳與軀幹絞在一起，根本不算一個人。

「哈啊……」

確認變異種氣絕身亡後，唯健才鬆了一口氣，他剛剛一直憋氣，不是因為害怕，而是怕呼吸會影響射擊的準確度。

唯健過去一直過著與F級哨兵打滾的日子，所以跟其他嚮導相比並非戰鬥新手，只不過，伸齊本來以為他至少會感到害怕。但真的，完全是超出期待的表現。

越靠近傳送門，難度就越大，重要的不是等級，也不是貴重裝備。在絕望的環境中，要能有堅定的耐心跟遇事不動搖的冷靜，迄今已經見過無數擁有強大能力的覺醒者，因為心理狀態差而慘死的情況。在這方面，唯健比一些低階哨兵更優秀。

「你怎麼知道那不是人？」

唯健沒有看向伸齊，集中精力更換彈匣。

「如果是哨兵或是有受過緊急訓練的一般人，不會在不知道我們的身分時隨便大喊。怎麼知道我們是不是變異種。」

「如果是怕到忘記緊急訓練的一般人呢？」

伸齊演示般地攤開雙手。

「確實有這種可能，不過被困在黑暗中，發現有人靠近時，應該會先說出一句話。」

「什麼話？」

默默換好彈匣的唯健轉頭，看著伸齊說：

「你是誰？」

「……」

「甚至可能是『那裡有人嗎？』，但絕不會說這裡『也』有人。」

「之前也有遇過嗎？會模仿人說話的傢伙。」

唯健搖搖頭。F級哨兵獵捕的都是最低階的變異種，主要是昆蟲型或動物型，智力也不高，頂多就是吃人、吸血，或是噴毒液。

所以，結論是剛剛的行動完全出自他天生的判斷力與戰鬥直覺。伸齊再次確信，這世界還是有能力無法用排名、等級來量化，而唯健就擁有這種能力。

「我的嚮導真的是資優生，沒什麼可以教你的了，我們下山吧？」

「這裡不是山，而是地下。」

唯健冷冷地回應，面無表情的臉浮現問號。伸齊一瞬間以為他在說冷笑話，但以他對唯健的了解，絕不是這種性格。所以忍住笑意輕輕攬住唯健的肩膀。

「我幫你蓋個『你好棒』的印章。」

他將嘴唇貼上太陽穴，跟充滿臭味的環境格格不入的香水味襲來，慢了一拍才反應過來的唯健扭曲臉龐，反射性地伸手推開伸齊，但手臂被固定住，動彈不得。伸齊忍不住低聲笑著。

＊＊＊

經過長滿青苔的候車區，通過因為斷電而失靈的檢票閘門，踩著停止的手扶梯進入更深處。走到月臺後，就看到先來的哨兵們聚集在一起，有人感覺到伸齊與唯健的動靜，所以用手電筒照了一下，嚇了一跳說：

「啊……你們好！」

在全身裝備防毒面具、防彈衣，還有特殊材質做的安全帽跟護目鏡的哨兵之間，只穿著幻境塔制服與配戴皮套的伸齊，根本是毫無裝備可言，倒像突然掉落在戰場中心的男裝模特兒。

在這裡最悠閒的也是伸齊，唯健可以感受到在場所有人都裝作一副不在意的樣子，但都偷偷看著伸齊的臉色。雖然伸齊只是將手放在口袋裡，面無表情地站著。

接著，其他哨兵也陸續抵達，為了殺變異種而來的哨兵們最後聚集在月臺上。文英可能還在上面，所以沒看到她。

「嗯？可以開燈了嗎？」

「那些傢伙沒有眼睛，所以完全感受不到光線，但聽覺跟觸覺好像很敏銳。」

「太好了，每次都不能開燈，很不舒服。」

拿掉夜視鏡的哨兵打開攜帶型手電筒，三三兩兩地集合在月臺中間，坐著或靠在站臺中間的長椅上，檢查著裝備，交換目前獲得的情報。

「不難抓，但就是要小心牠突然衝過來。雖然會模仿人說話，但就那幾句話而已。」

「這程度的話是什麼等級？C？」

「應該不到C？」

「唉，這樣連本錢都賺不回來。」

「不過，剛剛在中間遇到的傢伙模仿站務員時，差點就被騙了。」

唯健坐在長椅上。遠離其他哨兵，甚至離伸齊也有段距離，動也不動地看著天花板，漸漸覺得無聊後，他伸展了下腿，又用腳跟敲了敲地板。

以前在等待時經常跟其他哨兵聊天，可能是唯健看起來是好搭話的對象，也會有人覺得唯健不錯，就提供一些戰鬥糧食、或緊急藥品。

但現在完全沒有那種心思，跟唯健比起來，那些哨兵更像是菁英，所以應該沒有相同的話題。更重要的，是不想讓伸齊看見他跟其他人聊天的樣子。

「那個、打擾一下。」

有人小聲地叫喚著，一開始唯健沒有意識到是在叫自己，叫了幾次之後才回頭。

「你好，你是幻境塔的新人嗎？看起來很年輕，是什麼等級？D？C？」

不愧是菁英，說話很有禮貌。之前共事的F級哨兵總是開口閉口「哪裡來的臭小子，看到大哥們連招呼都不打，真沒禮貌！」

「禹伸齊哨兵親自帶你來，又只有兩位的情況下……難道是B？」

哨兵壓低聲音說著，雖然有手電筒，但由於四周過於黑暗，似乎沒看到自己身上的嚮導徽章。

「你是怎麼進入幻境塔的？最近這幾年他們都沒有公開招募，還是是臨時工？不，這樣的話，禹伸齊哨兵不會親自帶你過來。」

因為唯健都沒有回應，所以不斷提出問題，唯健面有難色地閉口不談。

任務執行中，如果說自己是嚮導，其他哨兵大致會有兩種反應。一種是「怎麼可以讓嚮導投入戰鬥，你的搭檔應該很沒用」地批評熙城，另一種是不斷糾纏著要求碰一下自己的人。不論是哪種都令人厭惡。

「話說，打到這裡，能打的傢伙都打死了，為什麼傳送門還沒有要關上的意思？」

有人提出疑惑，所有人都看向他。這讓唯健自然地脫離不停被追問的攻勢。

「就是啊，幾乎能抓的都抓完了啊。」

「我太晚進來，只看到屍體的痕跡。」

「從其他路線進來的人呢？」

「剛剛聽到無線電說，那邊的情況也一樣。」

這話一出口，眾人沉默了下來。所有人腦中都浮現了最不願意想到的答案。寂靜之中，有人扔下一句炸彈。

「這該不會是『第二類型』吧？」

傳送門一共有三種類型。

第一類型是將跑出傳送門的變異種通通殺掉，直到不再出現為止，空蕩蕩的傳送門自然會關上，是最簡單俐落的類型。只要消滅所有變異種，傳送門完全消失並恢復原狀，就是「攻略完成」，大部分的傳送門都是第一類型。

還有出現機率不到百分之五的第二類型，必須殺死變異種中最強的傢伙，也就是「首領」。只要首領死了，就算其他變異種還活著，傳送門也會關閉。相反的，如果首領沒死，就不可能關上傳送門。所以，一旦殺死首領，關上傳送門後，就不需擔心敵人繼續增加，可以安心的獵殺剩餘的變異種。如果首領能力太強，也可能會出現意料之外的傷亡。

最後就是第三類型，首領一直在傳送門內不出來，所以要親自進去抓，或是在傳送門那端要達成消滅條件，是最少見，也是最棘手的類型。目前，只要是第三類型的傳送門，多半都會放棄攻略，無限期關閉。

「不會吧，太不像話了，早知道是第二類型的話，我就不會進來了！我要出去，現在就要出去。」

開始有哨兵這樣想，可能是等級低，好不容易才到達這裡的哨兵，以他的立場來看，也是情有可原，一般變異種的等級若是C，那首領最少是B，運氣不好的話可能會超過B級。只是團體戰中若有一人喪氣，就會影響到其他人，一旦士氣低落，就會讓平時的實力難以發揮。熟知這一情況的哨兵們紛紛拍了拍那人的肩膀安慰他。

「不要洩氣，我們也處理過這種情況。」

「我在這一行打滾二十幾年，也抓過很多次首領，那些傢伙也沒什麼，就是個頭大一點、力量大一點而已，別擔心，快來準備吧。」

「是啊，不管他多強大，憑我們的人數還壓制不過嗎？」

然後看向伸齊。

「也有值得信賴的戰友。」

唯健內心疑惑，如果這些人遇到危險，伸齊真的會出面嗎？別說救人，他應該會安穩地靠在一旁，像看歌劇一樣，欣賞大屠殺吧。

這時，鐵道傳來動靜，火車經過的隧道傳來巨響，越來越大聲，所有人瞬間站起身準備應戰，所有亮著的手電筒轉眼熄滅。雖然一般變異種沒有視覺，但不代表首領就看不到。

聲音越來越近，漆黑的隧道內突然冒出金髮的人影，是文英。幾位哨兵鬆了口氣。

「那裡。」

女人指向她來的方向。

「首領在往市廳站的軌道上。」

「親眼看到了嗎？怎麼樣？」

「沒看仔細，不過樣子跟普通型差不多。」

文英泰然地回應著提問，就算她是A級，但到底哪來的勇氣獨自去找首領？當這個疑問冒出時，她說：

「對了，禹團長。」

她朝伸齊笑了一下。

「非常感謝，您好不容易殺掉的屍體還原封不動地放著，下手真華麗啊！」

「不客氣。」

伸齊圓滑地應付著，雖然兩人的表情都帶著笑容，但氣氛卻相當冷冽。文英轉過身後舉起手。

「好，那我們……就帶著鬼去抓鬼吧？」

與此同時，她身後原本趴著的黑影一個個站起來，跟剛剛被唯健開槍制服的相同，都是變異種，只是牠們的肉塊腐爛、露出骨頭，皮都變黑了。已經死亡的變異種再次動了起來，甚至有些可能已經死了一段時間，關節處因死後屍僵而喀啦作響。

「嚇！」

有人嚇到喘了好大一口氣。

「我還是第一次見識到招魂，不只一兩隻耶！這麼多都能夠控制嗎？」

「所以她才單獨行動啊，旁邊有人反而是累贅。」

哨兵紛紛打破防護門，跳下月臺，警戒著四周，跟在文英身後走在軌道上。在領頭的文英與哨兵之間，是剛剛被喚醒的變異種，原本看到人就會怪叫著撲上來的變異種，此時也秩序井然地排在隊伍中。看著文英背後的陰間女神刺繡，以及跟在她身後的屍體們，這組合真是奇妙。

伸齊等到半數的哨兵都消失在隧道那端時，才悠閒地移動。

「我們也該走了？」

唯健的眼神依舊盯著他們的背影，他也是第一次見識到招魂，帶著幾隻跑就已經很壯觀了，帶著成百上千隻又會如何呢？大部分的敵人都無法靠近文英，只要屍體不斷增加，就可以一直召喚屍體成為友軍吧。

此刻的他真心感受到自己是井底之蛙，在那個簡陋的後巷，守著老舊的房子，以為那狹隘的地方就是全世界。

「喜歡那個嗎？」

伸齊略微低頭笑著，眼中狂傲的眼神若隱若現。

「如果我有招魂能力，應該會先將白唯健嚮導殺了，再召喚你出來，這樣你就能一輩子陪在我身旁，老實又聽話，多好啊。」

一陣涼意直上脊椎，唯健什麼話都說不了，只能握緊雙拳壓抑，壓抑顫抖，避開他的眼神。

「我是開玩笑的，想讓你笑一下，你都不笑，這樣我會很難過……」

伸齊低下頭裝可憐，但看起來一點都不可憐，反而更可恨，聽到那種話能一笑置之的人真的存在嗎？

隧道內很黑，連停電時應該要自動啟用的緊急燈也熄滅了，陣陣惡臭讓人懷疑是不是該戴上防毒面具，有個哨兵不小心腳步不穩，搖晃著扶住牆壁，恢復平衡後發現手上沾滿黑色物體。

「呃……呃啊！這是什麼東西！」

他馬上甩了甩手，碰到牆壁的時間只有幾秒，整隻手套就快速被黴菌侵蝕，還好是特殊材質的手套，要不然連手都要爛掉了。

「砰！」的聲響，感覺到前方傳來渾厚的震動，不論是那位慘叫的哨兵還是其他哨兵，全都僵硬在原地，整個地底空間維持了好一段冷冽又寂默的時間，「砰！」，聲音再度響起，前方依舊看不到任何東西，感到恐懼的哨兵們本能地靠在一起。

「來了，不要聚在一起，可以遠距攻擊的人請準備，近戰型的人請算好時間進攻。」

文英快速地下達指示，似乎很習慣下達命令。

「禹團長跟旁邊那位……嚮導先生。」

所有人都瞪大雙眼，尤其是剛剛跟唯健搭話的人，更是一臉驚嚇，所有人都懷疑自己是不是聽錯了，嚮導為什麼會來這裡？是來自殺的嗎？

「我知道幻境塔不打算協助。」

「問都不問一下我們嗎？真讓人傷心。」

「你對攻略傳送門感興趣嗎？我還以為你只是跟嚮導來這裡甜蜜地約會呢。」

「誰會來這種地方約會？會被甩巴掌的吧。」

「我還真希望能看到禹團長被打巴掌的樣子。」

「沒想到石團長這麼討厭我。」

「因為我的座右銘是『親切對待所有嚮導』，不管是不是我的嚮導。」

「真巧，我也是。」

「你說什麼？親切？幻境塔的團長嗎？連路過的變異種都會笑死。」

跟其他因為突發狀況而緊張的人不同，伸齊與文英相當從容不迫，強悍的怪物就在眼前，也能這樣閒聊鬥嘴，文英望向唯健。

「嚮導先生，很抱歉初次見面就要拜託您，請打他一巴掌，這是我的願望。」

唯健其實一點都聽不懂這兩個人的對話內容，在這個敵人不知什麼時候會冒出來的情況下，旁邊卻一直說個不停，讓他感到煩躁。事實上，幻境塔哨兵說的話，自己大部分都聽不懂，或者說不想聽懂，只覺得那大概就是高階哨兵的世界。

「不要。」

他甚至沒看文英一眼，視線固定在前方，伸手解開槍枝的安全鎖回應。

「打一巴掌怎麼夠。」

「……」

文英一副挨了一拳的表情，伸齊低頭無聲地笑了。

震動聲的間距越來越短，有人將槍上膛，同行中有冰凍能力者，所以黑暗中可以看到白色冰晶不停地發射，不久後，敵人的身影出現在前方轉角處，唯健瞬間忘了呼吸。

那東西大得足以填滿整個隧道，看起來像是全身卡在隧道裡一樣，皮膚跟長期泡在泥水中的死魚一樣油光發亮，關節處長滿青苔與黴菌，跟頭髮糾結在一起。

腫脹的腹部，還有數量多到怪異的頭與四肢，以及間歇性隆起的身軀，一個由貪婪與汙穢構成的一團物體，搖搖晃晃地走過來。距離越近，就越能看清楚那東西的樣子。不止一個頭，像液體沸騰後冒出的氣泡，粗壯的脖子上掛著數不清的人頭。

文英操控的屍體上前阻擋，但這些屍體原本就只是移動速度快，攻擊力不強，沒能造成什麼傷害。

「……」

那似乎是嘴巴的地方，好像開口在說些什麼，但根本聽不懂，就像沒有調好頻率的廣播，混雜許多不同的聲音。

「瘋了，居然有這種……」

手持冰晶，等待敵人出現的冰凍能力者一臉恍惚地喃喃自語，兩眼失神。

「去死，去死吧！」

他拚命投擲長槍，倚仗過往累積起來的戰鬥經驗，雖然因為驚嚇讓準頭有點不穩，但命中率依舊相當高，瞄準脖子，打中其中一顆頭，被冰塊打中的頭顱滾落，腐爛的液體當場流出，變異種扭曲著身體尖叫。

「啊啊啊！」

牠甩開黏在身上的東西，滾動著跑了過來，跟牠龐大的體積相比，移動速度非常快，跑向攻擊牠的人。

「咳，呃啊！」

投擲冰槍的哨兵飛向空中，撞到牆壁上又掉落在地面，但沒有人敢接近他，大家都明白，這種情況下，草率地出手關心同事，可能會死。

「我以為小隻的可惡，沒想到大隻的也一樣令人厭惡。」

文英不開心地笑了，這敵人比想像中麻煩，周圍沒有可以召喚的屍體，只有首領，又不能召喚死去的哨兵，就算對著那些頭攻擊也沒用，除了中間那個被保護的頭之外，其他應該都是被吃掉的受害者。

「哈啊、哈……」

唯健用手臂擦了擦嘴角，放下槍，他能做的就只有這些，帶來的子彈都用完了，但對於這種大小媲美獨棟住宅的敵人來說，幾顆子彈根本算不上攻擊。

現在要快跑，這裡不是你該來的地方，一個沒有任何戰鬥力的嚮導走進這裡本身就是錯誤的選擇。總覺得變異種正這樣評論著自己。

只是遠遠地見到首領而已，還不是一對一的狀態，在其他哨兵撲上前積極應戰時，唯健只能開個幾槍，就覺得這麼可怕了。自己如此軟弱無力，真的可以履行跟伸齊的約定，一起進到傳送門裡嗎？

在數十位哨兵的攻勢之下，變異種的行動逐漸變得緩慢，突然大大地吸了一口氣使身體膨脹起來，瞬間有了不祥的預感，唯健連忙朝四周大喊。

「快躲……」

要提醒大家快點躲開，但變異種的動作更快，他向後仰起身體，接著又向前一傾，吐出混合了骨頭碎片與肉塊的液體，混濁而黏稠的液體就像灑水車一樣猛烈地噴撒在半空。

視線瞬間被遮擋，難道是被噴到毒液失明了嗎？然而下一秒，唯健感覺到自己的腰被抓住，堅實的手臂緊緊擁住自己。他埋入擁有冷冽玫瑰香氣的懷裡，四周的惡臭消失了。

伸齊抱著唯健，轉身背對變異種，他一手將唯健的後腦杓按向自己的頸側，讓唯健緊貼自己，包得背與腰不留一點縫隙。沒多久，毒雨開始落下，四周傳來恐怖的慘叫。

「呃啊啊！」

「好痛！啊！呃啊！咯啊……」

越過伸齊的肩膀看過去的軌道上簡直慘不忍睹，有人在地上痛苦地掙扎，但那還算好的情況，更多人全身被液體覆蓋，倒下一動也不動，前方數十公尺變成了地獄，而變異種就這樣消失不見了。眼前的軌道分成兩條路，應該是進入了其中一條。

「唯健啊，我也好痛。」

感覺到唯健一直關注著那端的情況，伸齊面無表情地低喃著。這時唯健才將視線轉向伸齊，原本整齊的襯衫背部到處都是黑色的洞，在微弱燈光下能看到皮膚潰爛融化。

不是被刀砍，也不是瘀青，是被毒侵蝕的傷口，因為他是S級，所以還可以穩穩站著，但等級高不代表不會痛，反而更加敏感，會感受到一般人根本無法忍受的痛苦。

唯健討厭伸齊，在喜歡跟討厭中選擇的話，會毫不猶豫地選擇討厭，但這不一樣，伸齊因為保護自己而受傷，總不能當成不知道，討厭歸討厭，但有虧欠就是有虧欠。

「疏導……」

他喃喃地說。原本迷茫的眼睛，瞬間又恢復了銳利。

「團長，我馬上幫你疏導。」

自己是伸齊的嚮導，這個情況下他能做的就是疏導，他咬牙將手放在伸齊肩膀上。

「不，等等。」

伸齊搖搖頭，拉下唯健的手，原本沒有表情的臉龐露出燦爛的微笑，他帶著笑在唯健耳邊輕語。

「回去後我要跟你做愛。」

留下露骨的話語後，伸齊若無其事地離開。不久後，躲在緊急門附近的文英出現了。

「大家都還好嗎？還有誰可以戰鬥？」

文英的衣服有幾處破爛，但幾乎沒有受傷，多虧用那些屍體當盾牌，所以身體才能安然無恙，但屍體幾乎都不能用了。

「該死，有人看到那傢伙跑去哪裡了嗎？」

唯健簡短地回應。

「好像往那邊的岔路跑了，但沒看清是哪一條。」

變異種的狀態非常興奮，而且因為吐了的關係，身體小了一圈，速度又比剛剛更快了，如果以這種狀態跑到地面，一定會造成比剛剛哨兵們被撲殺還嚴重的大慘劇。更重要的是，地上有正等她回去的嚮導。

「禹團長跟我一人負責一條，如果一個人可以搞定，就搞定牠，不行就退回這裡會合。至於嚮導先生……」

「……」

文英知道情況緊急，但依舊猶豫了一下。因為她想起剛剛進站前，自己嚮導的一句竊竊私語。

——『怎麼辦……那個孩子好可憐。』

一開始她也是這樣想。嚮導選錯搭檔讓自己必須跟著上戰場，就像戴著狗鍊被送到屠宰場的家畜一樣可憐。現在她不清楚了，唯健的命是很坎坷，禹伸齊也確實像個吞了一千條蟒蛇的黑心瘋子，但她現在不想隨便同情唯健。

「請小心。」

就只說出了這一句話。對話到此結束，在岔路前各自走向自己負責的方向。

＊＊＊

順著軌道走了許久，連變異種的影子都沒看到，手裡的手電筒只能照亮前方幾步路的距離。他沒想到伸齊會這樣保護自己，雖然失去好不容易得到的嚮導很可惜，可能會幫忙阻擋一些小攻擊，但他如果非得在自己的生命跟唯健的生命之間做選擇的話，唯健應該是會被拋棄的那個。

這條路對嗎？該不會變異種不是走這邊，是去文英那邊？那要快點去幫文英才對，不，該不會已經穿過月臺到地面上了吧？越想越覺得無法呼吸。

這是理所當然的聯想，畢竟人類的演進是趨光性的，在黑暗又密閉的地方，判斷力會渙散，待太久的話，會失去理性發瘋，若是在極度恐慌或緊張的情況下，會更加嚴重。

「等等。」

伸齊小聲地說，戴著黑色手套的手擋住手電筒燈光，在遮住燈光之前，唯健看見伸齊破爛的襯衫下露出的手臂上有一道巨大的傷口，不是變異種體液造成的傷口，是又大又圓的傷口，被猛獸咬的嗎？像是老虎或獅子。

伸齊在黑暗中注視著前方，屏住呼吸後聽到唯健聽不到的聲音，集中聽力掌握了敵人的位置。

「在那邊。」

唯健靠著微弱燈光在黑暗中摸索著前進，也漸漸感覺到異常，氣溫不斷往下降，明明身上穿的是有保溫功能的特殊服裝，還帶著裝備，照理是不會感受到溫度變化，但卻覺得異常寒冷。

不僅如此，就連呼吸都有點困難，變化不大很難馬上發現，而旁邊的伸齊看起來什麼事也沒有，所以一開始只是懷疑自己應該是因為恐慌而產生錯覺，但過了一段時間後，更加確定周邊的空氣確實越來越稀薄。

「越靠近傳送門越會這樣，如果狀態惡化到難以忍受的地步，就告訴我。」

伸齊說著，沒有看向唯健。唯健不想在這裡像孩子一樣哭鬧，拖對方的後腿，所以搖搖頭，深呼吸。

「咳……呃嗚……咳唧唧。」

前方傳來混合著雜音的聲音。那個把自己吃掉的人頭當成戰利品綁成一串的變異種首領再次出現，彷彿變聲似的奇怪聲音，在隧道中不停徘徊。

「唯健！」

唯健在原地僵住，一股顫慄從指尖和腳尖開始燃燒，那個變異種怎麼會知道自己的名字？到底怎麼回事？頭腦一片空白，完全無法思考。

「快點！」

一陣沉默後又傳來說話聲，這次是明顯帶著緊張口吻的男人聲音。

「不要慌，快點動起來，這樣我們一家都能活下來。」

「……」

「必須先下車才行，我數一、二、三就馬上……」

雖然是超過十年沒聽到的聲音，唯健卻一下子聽出來。怎麼可能聽不出來，那是隨著被壓扁的車一同掉落江水的父母的聲音。

「啊、啊……」

一直以來都堅持著的唯健，身體開始止不住地發抖。連子彈都沒有，習慣性拿在手上的槍幾乎快滑落地掛在手指上。他下意識地後退了一步，但被軌道絆到了，重心不穩地向後倒。

還以為自己會就這麼摔倒了，但黑暗中有隻手抓住自己的手臂，雖然是皮手套，卻可以感受到溫暖的體溫。是啊，是伸齊。雖然這個人如此討厭，不想跟他有任何關係，但唯健現在身旁至少還有他。這讓唯健感到一絲安慰，稍稍恢復了精神。

唯健的反應比想像中微弱，那傢伙隨即更換了目標，像在演獨角戲一樣，瞬間就換了一個聲音。

「禹伸齊上尉，確定禹勝彥准將戰死在傳送門內了嗎？」

這是唯健不知道的事。伸齊的名字後面，很自然地加上了覺醒者管理中心的軍銜。

「只需要回是或不是，你的陳述將決定懲戒與否。」

「還想說你們怎麼盡幹些蠢事。」

一直沉默的伸齊開口，嘴角浮現一絲冷笑。

「原來你是誘餌啊。」

伸齊拋下唯健快速往前走，急促的腳步聲在空洞的地下隧道迴盪。

「砰」！變異種的其中一顆頭突然炸開。不是從內部爆開，而是有個看不見的強大力量從外部施壓，無法承受壓力而爆炸。這還只是開始，變異種身上一串串的頭顱就像爛掉的小番茄一樣連續爆炸，腦漿與血水像塗鴉般灑在牆上。

「唧啊啊！」

變異種扭動著身軀嚎叫，巨大的身軀掛著無數削瘦的四肢，遠遠地看會以為是被殺蟲劑噴到後，瘋狂呼救的胖蜈蚣。伸齊並不打算就此停下，用那種把戲讓人不爽，光是爆掉幾顆頭不可能讓人解氣。

變異種的身軀漸漸往前傾，不停地顫抖，好像在拚命抵抗著什麼。

「咳呃……啊、嗚呃！」

不過，從上而下的力量不僅沒有消失，反而還加重力道，勉強承受著笨重身軀的四肢一一斷裂，牠張嘴試圖再次噴出劇毒。伸齊眉間一皺，手伸向空中，好像按下了什麼。

「髒死了。」

「匡」一聲，頭掉落在地上，變異種的四肢癱軟，像青蛙一樣趴在地上，下巴關節以怪異的模樣被碾碎，嘴裡流出的惡臭體液滲到地板上，脊椎被扭斷的咯吱聲非常清晰。

「唧唧！唧！唧唧！」

變異種被壓碎、壓扁，但還是瘋狂地掙扎，胡亂砸向牆壁跟軌道。

「嗯……痛吧？一定很痛……」

「現在也在看著吧？你們『真正』的首領，去跟那傢伙說，不要再做這些沒用的事了，叫牠親自出來。」

變異種再也無法像剛剛那樣模仿人說話，只能斷斷續續吐出幾個詞彙，滿身瘡痍的身體好不容易站起來，用密密麻麻的四肢開始瘋狂地往黑暗處跑，直到更深處的地方。不像是聽懂了伸齊說的話，只是對他壓倒性的力量感到恐懼。

本來可以追上去殺死，但伸齊沒有繼續。再怎麼說都是首領，壓制牠跟完全殺死牠的難度不同，現在牠只是一時膽怯而已，如果抱著必死的決心掙扎，會相當麻煩，到時也難以保證唯健的安全。

反正已經取得遠遠超出期待的成果，對不起眼的變異種失去了興趣。

「團長！」

短暫失神的唯健急忙追上伸齊，不知道究竟發生了什麼事，但不能就這樣袖手旁觀。

「那個變異種剛才的話是什麼意思？第一次出現時不是這樣的。」

「牠被比牠更強的東西操控了。」

「什麼？」

「躲在背後的那個傢伙，想方設法引我們過來。」

「這又是什麼意思？」

伸齊突然回頭，唯健嚇了一跳，停下腳步。伸齊歪著頭拉近兩人的距離，在唯健手中的手電筒光線下，他的臉龐、領口，以及凌亂的襯衫下，露出的肩膀都顯得異常蒼白。

「第一次、第二次……還有第三次。」

兩人的臉距離很近，伸齊垂下眼，像要吞下唯健般看著他，低聲地說。按照次數親切地一根根折下指頭，因為呼吸比之前紊亂，比平時稍微粗重的聲音奇妙的充滿煽情。

「我們第一次見面時你說過吧？宮神星只是在空中出現了一下，就突然消失。」

為什麼突然說這個？那殺死自己父母、讓哥哥暴走的不明變異種，跟現在的情況又有什麼關係？

「很奇怪，到底為什麼？把人當螞蟻一樣隨意獵殺的傢伙，為什麼偏偏放過你？白唯健嚮導有什麼讓牠感興趣的地方嗎？」

「……」

「所以我調查了一下，十三年前皇安大橋事件，當時有一兩位倖存者，但是是什麼都不知道、幸運存活下來的小孩，所以我並沒有在意……那小孩就是你吧，白唯健。」

他輕聲揭露的事情，令人不停冒出雞皮疙瘩。

十三年前、皇安大橋、倖存者，沒有想過會從伸齊口中聽到這幾個詞彙，不堪回首的記憶驟然湧現，剛剛變異種模仿的父母聲音在耳邊迴盪，唯健不知不覺地後退一步，但伸齊又再次靠近。

「宮神星肯定以為你早就死了，不，我想牠一開始根本不在乎你的死活，但沒想到，不久前牠第二次發現你，是看見好端端長大的白唯健嚮導。甚至你因為是嚮導，所以沒有暴走。我想，那傢伙一定是這麼想的。」

伸齊毫不動搖地說出一大段話，又抓住唯健的手臂拉向自己，近得好像馬上要倒在他懷裡一樣，兩人的胸口還短暫地碰觸了一下。

「他為什麼還沒死？為什麼還活著？為什麼？」

黑暗中，伸齊的瞳孔閃爍著毛骨悚然的銀光，他揚起嘴角笑了。

「真有趣……還有。」

那一瞬間，唯健幾乎忘了該如何呼吸，像被淹沒在深海中，一股寒冷籠罩全身。

「還有第三次，也就是現在，這一次他是要來『確認』，確認白唯健嚮導是不是有玩弄的價值。」

「……」

「往後宮神星會一輩子跟著你，讓你生不如死，可能在你好不容易忘記的時候就會出現，用各種花招折磨你，你會深陷在恐懼中發瘋，直到迎來悲慘的死亡。換句話說，如果白唯健嚮導一直在我身邊，我就能經常見到那傢伙。」

伸齊握住的手臂微微顫抖，是害怕？還是憤怒？

「為什麼這麼緊張？是害怕嗎？」

伸齊直視唯健的雙眼，跟溫柔的口氣不同，想要探究對方的眼神非常執著。

「怕的話逃跑也沒關係，雖然很可惜，但我可以找其他嚮導，這是最後一次機會，雖然救不了哥哥，災殃會伴隨你一生……但，至少你能活著。」

伸齊露出寬容的眼神，好像唯健如果真的說要逃，就會痛快地放他走。間歇性的顫抖逐漸停下，最後唯健開口說：

「如果我只是為了保住自己的命，我會來這裡嗎？還有……」

「……」

「你除了我還有別的選擇嗎？」

他一隻眼皮上帶著傷疤，眼神帥氣地直視著對方，挑釁地反問。這個問題，是打從一開始就知道他不會逃跑才問的，即便如此，但那一瞬間脊椎還是感到異常冰冷。

好想吻他。伸齊想著，就像那時衝動地撲向幾乎昏倒在柏油路上的唯健一樣，像個毫無自制力的禽獸一般爬上他的身體，咬他的肉、吸他的血、在體內翻覆，想看他那張臉崩潰的樣子。

「沒錯，我就像瞎子……沒有『嚮導』，一步都無法前進。」

他溫順地承認了。

意志堅韌，既是嚮導又擁有無數戰鬥經驗，甚至還受到宮神星詛咒，彷彿唯健是為他而生的。這世上沒有一位嚮導可以取代唯健，與他一同在那深淵底下掙扎的人，必須是唯健。

他還想再說些什麼，卻突然彎下腰摀住了嘴。昏暗的燈光下可以看到近似烏黑的液體從皮手套湧出，是血。熱騰騰的血液浸溼他的襯衫領口，不停往下流。

將比人大好幾百倍的大型變異種壓碎，就算對S級來說也不是件簡單的事情，與覺醒者伴生的副作用是，能力越強大，副作用就越嚴重。就連F級的熙城都有慢性累積的病症，導致纏綿病榻了，更何況是伸齊。

「你還好嗎？」

在這情況下，唯健依舊觀察著伸齊的狀態。

可他知道伸齊就算手臂斷裂，能力也還是比唯健強大嗎？他明白嚮導在因副作用纏身而精神有問題的哨兵面前晃盪，會發生什麼事情嗎？伸齊為他愚蠢的憐憫之心感到可笑，可同時又覺得很開心。

伸齊抬起頭，嘴邊滿是自己的血，看起來像塗得一團糟的口紅，那鮮紅的嘴唇，像渴望被寵愛的女子一樣，笑得非常開心。

「如果不好的話，你會覺得我很可憐嗎？」

跟「可憐」這個形容詞相去甚遠，這個根本就是君臨天下的男人居然會若無其事地乞求同情？唯健分不出是不是玩笑，不知如何回答，所以用其他話題回應。

「你怎麼會知道那個叫做宮神星的變異種？」

「被那傢伙相中的人，在白唯健嚮導之前也有一位。」

「……」

「我從出生開始就是宮神星的目標，禹勝彥准將……也就是我的父親，就是為了這個目的才製造我的。」

伸齊用手背擦拭著嘴角的血，淡淡地問：

「現在覺得我有一點可憐了嗎？」

唯健只是愣愣地站著，慢慢理解他說的話，如同顏料滴入清水中，黑色瞳孔逐漸轉為錯愕。看著那雙眼睛，伸齊突然想起好久以前在書中讀過的一句話。

——若想逃離這座森林，你必須另尋一條路。我想你最好跟隨我，我將做你的嚮導，引導你從此處通往永恆之地。[2]

＊＊＊

事態迅速地被控制住了。

文英在另一條路上確認沒有變異種之後就折返，在其他路線上的哨兵也因為無線電中斷

2 但丁．阿利吉耶里（Dante Alighieri），《神曲：地獄篇》。

感到怪異，立刻趕過來支援。

首領已經被伸齊打到瀕死狀態，全身關節粉碎，下頜關節與食道都受損到無法進行毒液攻擊，加上文英已經掌握敵人狀態，熟練地下達指令，比第一次攻略容易多了，在數十位哨兵的攻擊下，那傢伙扭動自己脖子，在怪異的哭聲中死去。確認傳送門消失後，眾人回到地面上。

由於提前派遣了一位哨兵上去傳達情況，所以地鐵站前聚集了更多人，救援隊快速處理傷員，還有人默默地準備收屍。死去哨兵的同事們，黑著一張臉消毒滿是怪物體液、黴菌、青苔的裝備，沒有人放聲大哭。

自從Outbreak後，人類已經習慣了殘缺與失去，傳送門攻略免不了會有傷亡，這次又是意料之外的第二類型，所以傷害會更大。

「文英啊……我真的擔心死了。在車裡等的時候，外面一直聽到不祥的無線電聲音，還一直看到Esper跑來跑去的……」

「有什麼好擔心的，不是要妳相信我就好，乖乖等我回來嗎，妳看！我什麼事都沒有！」

那邊的角落裡，是文英跟她的嚮導激動地重逢，不過才分開幾個小時而已，可能因為很害怕，所以泛著淚水抱著文英。

唯健外表看起來完好無損，雖然被變異種的體液噴到，外衣有腐蝕與刮痕，但沒有受傷，反倒是伸齊為了守護自己，受了重傷還吐血。

唯健直到走回進站前，伸齊停車的地方才發現。車旁停著一臺很眼熟的跑車，靠在完美無瑕的跑車上抽菸的大仁看向這邊，那雙打量的眼中閃過一絲驚訝，隨即又消失。他將菸熄滅後走過來。

「你回來了，聽說是第二類型，所以來這邊待命，以免有增援的需求。」

伸齊毫無誠意地點了點頭。

「傷還好嗎？出血……不，吐血了嗎？」

「最近只接受疏導、不太吃藥，所以才會這樣。應該要像你一樣認真抽菸才對，意志力越來越差，真的會出事。」

他悠悠地說著不像笑話的玩笑。大仁嘆了口氣，遞過手上的外套，伸齊自然地接過並穿上，血跡斑斑的灰色襯衫被蓋在外套底下。

接下來才是問題，大仁皺眉看著唯健陷入沉思，唯健身上沒有外套，可又不能讓他用這種在泥濘中打滾過，像野狗一樣的模樣到處行走，名義上好歹是幻境塔的專屬嚮導。不是擔心唯健，而是不喜歡幻境塔的形象受損。

最後大仁決定就當作丟掉一件外套，他脫下自己身上的外套，蓋在唯健肩上，因為尺碼有點大，與其說是穿，還不如說是披上。厚重的毛呢大衣隱約散發男性香水的氣味，絲綢的觸感很舒服，加上剛從大仁身上脫下來，所以還很溫暖。

「啊……」

唯健的反應慢了一拍。從剛才開始就在出神的樣子，就像在站內被嚇傻的人一樣。難道是在下面看到什麼衝擊的場景嗎？不過是看到幾個變異種就如此失魂落魄？所以才不喜歡嚮導。

「是表現得多好啊，居然敢這樣發呆。」

尖銳的聲音傳來，原本在車後跟人通電話的尹燦通完後走過來，跟衣著端莊的大仁不同，尹燦的身上只有簡單的T恤與帽子，他那寬闊的肩膀與厚實的胸膛，加上晒黑的皮膚，好似在南方海灘乘風破浪的衝浪選手。

「禹伸齊都成了這個樣子，你怎麼還好好的？真不知道誰才是嚮導。」

一來就言語挑釁，但他說得也沒錯，唯健完全無法反駁，只能默默地低頭。

「他堅持要帶你去，我就想來看看你是多厲害。所以禹伸齊被抓起來丟的時候，你是戴著立體眼鏡吃著爆米花在一旁看戲嗎？」

「尹燦，什麼被抓起來丟，沒有到那種程度。」

尹燦嗤之以鼻，事實上他一點都不關心伸齊，伸齊只是表面上裝作可憐跟傷心的模樣，這個樣子他早就習慣了。

初次見面時，伸齊就只是個會呼吸、還活著的生命體，但從某一個時間點開始，他從表情、語氣、習慣，乃至小小的動作都發生了巨大變化，就像個模仿人類行動模式的程式碼，當時真的是讓人毛骨悚然。不過現在已經習慣了，不管那傢伙做什麼都不會被嚇到。

「這種傢伙到底哪裡好！」

像咀嚼在嘴裡般喃喃自語，尹燦歪著頭與唯健對視，黃色銳利如貓或猛獸的雙眼，隱藏在帽子下凶惡地瞪著唯健。這眼神，唯健總覺得好像在哪裡見過。

「喂，嚮導，我還沒有認可你，就算其他傢伙喜歡，但我沒有。」

「……」

對尹燦的話，不管是什麼都應該要回應一下。腦袋想這麼做，但身體就是無法做出反應。

最後一次吃飯已經是很久之前的事情，還有，不作惡夢地好好睡上一覺，又是什麼時候的事情呢？

模仿人說話的變異種、淒慘死去的哨兵們、伸齊說的話，還有沾染到他胸前的血跡，各種影像混雜在一起，不停在眼前轉來轉去，頭痛得快要炸開了。這一瞬間，一直被遺忘的疲憊迅速湧現。

了。

「不回答嗎？」

面對近在眼前的威脅，唯健依舊默默地低著頭，這讓尹燦以為唯健無視自己，所以氣炸了。

「媽的，你這……」

他粗暴地扯住唯健披著的比自己體格要大的大衣肩頭，唯健的身體瞬間往前倒在尹燦的懷裡。

耳邊聽到有人急促的叫喊聲，但那聲音越來越遠，視野從邊緣逐漸變暗。唯健的記憶到此為止。

——《來自深淵02》待續

高寶書版集團
gobooks.com.tw

CRS060
來自深淵 01
프로푼디스

作　　者　아이제 Eise
譯　　者　礁映
封面繪圖　艸肅
編　　輯　李雅媛
校　　對　林欣潔
美術編輯　班班
排　　版　彭立瑋
企　　劃　李欣霓

發 行 人　朱凱蕾
出　　版　朧月書版股份有限公司
Hazy Moon Publishing Co., Ltd.
地　　址　臺北市內湖區洲子街 88 號 3 樓
網　　址　www.gobooks.com.tw
電　　話　(02) 27992788
電　　郵　readers@gobooks.com.tw（讀者服務部）
傳　　真　出版部　(02) 27990909　行銷部 (02) 27993088
郵政劃撥　19394552
戶　　名　英屬維京群島商高寶國際有限公司臺灣分公司
發　　行　英屬維京群島商高寶國際有限公司臺灣分公司 / Printed in Taiwan
Global Group Holdings, Ltd.
法律顧問　永然聯合法律事務所
初版日期　2024 年 12 月

國家圖書館出版品預行編目 (CIP) 資料

來自深淵 / 아이제 (Eise) 著 ; 礁映譯 . -- 初版 . -- 臺北市 : 朧月書版股份有限公司出版 : 英屬維京群島商高寶國際有限公司台灣分公司發行 , 2024.12
面；　公分 . --

譯自 : 프로푼디스

ISBN 978-626-7362-92-1 (第 1 冊：平裝)

862.57　　113015095

朧月書版

朧月書版